風待(かぜまち)心中

山口恵以子

PHP
文芸文庫

○本表紙デザイン＋ロゴ＝川上成夫

風待(かぜまち)心中◎目次

序章

「ごめんよ。堀留の俊六だ」

戸口の前に立って声をかけたが返事がない。

「御用の筋だ。入るぜ」

腰板障子に手をかけたが、心張り棒が掛かっていて動かない。

俊六の胸に悪い予感が兆した。

思い切り蹴飛ばすと、戸が外れてばたんと倒れた。そのまま中に踏み込み、幹太が後に続いた。

俊六は土間に立ち尽くし、中の光景を見下ろした。背後から覗いた幹太も、しばし言葉を失った。

古畳は赤く染まり、どこか西瓜を思わせる血の臭いが立ち籠めていた。

血飛沫の向こうには布団が敷かれ、その上に真吉が仰臥していた。すでに息絶えていることはひと目見て分かった。

投げ出された右手首には紅い腰紐が巻きつけられ、その先端は別の亡骸の左手首にしっかりと結ばれていた――

その一　風光る

しつけ糸を針の先に巻いて玉止めを作り、握り鋏でパチンと切ると、肩から身体が軽くなる。これで最後の一枚が仕上がったのだ。

おせいは針を針山に刺し、着物にまち針が残っていないか慎重に確かめてから、丁寧に畳んだ。すでに縫い上がった着物と合わせて十枚、大風呂敷に包んで背中に背負う。このずっしりとした重みと柔らかな布の感触が、おせいは好きだ。それが手間賃に姿を変えて、明日の暮らしを支えてくれる。

土間で下駄を履き、腰板障子を開けて路地に出ると、井戸端では隣家の女房が洗い物をしていた。

「おかねさん、ちょいと一刻（二時間）ばかり家を空けますから、留守の間、頼みます」

「いいともさ。精が出るね。今日は何処だい？」

「柳橋の『うめ川』」

おせいは自慢げに聞こえないように、わざと声の調子を軽くした。

「へええ、そりゃたいしたもんだねえ。あんな評判の店の……」

おかねは洗い物の手を止めて、素直に好奇心を丸出しにした。うめ川は柳橋でも一、二を争う大きな船宿で、料理茶屋並みの格式を誇っている。おまけに女中たちが芸者顔負けの美人揃いと評判だった。裏長屋住まいの身では一生縁のない店に、隣の後家さんが出入りしていると聞けば、俄然興味を引かれるのも無理はない。

「それじゃ、よろしくお頼みします」

おせいは無駄話で引き留められる前に頭を下げ、歩き出した。

「ああ、行っといで」

おかねの声を背中で聞いて、長屋に戻ったら差し障りのないことだけ拾ってうめ川の話をしてやらずばなるまいと、おせいは頭の隅で考えた。

三月半ばの優しい日差しと爽やかな風を頬に感じながら、おせいの足取りは軽く、心も弾んでいた。どういうわけか桜が散って青葉が風にそよぐ今の季節が廻ってくると、何か良いことがありそうな気がして胸が騒ぐのだ。実際にはさほど良いことなど無かったのに、それでも毎年、今年こそはという気持ちになってしまう。

「おめえはいつまで経っても、娘っこみてえな気分が抜けねえな」

死んだ亭主はそう言って笑ったものだ。そして必ず付け加えた。

「俺ァ、おめえのそういうとこが好きさ」

思い出して、つい頬がゆるむ。それからあわてて振り払い、顔と心を引き締めた。

なに考えてんだか。バカだよ、まったく。来年取って四十だっていうのにさ。

おせいは勢いよく、風呂敷包みを背負い直した。

おせいの住む長屋は本所の常盤町三丁目にある次郎兵衛店だ。通りを挟んで東には萬徳山彌勒寺があり、北隣の松井町二丁目の前を竪川が流れている。竪川に架かる二ツ目之橋を渡ると本所相生町、そこから西へ五町（約五四五メートル）ほど歩けば大川（隅田川）に出る。両国橋を渡り、廣小路をちょっと北へ抜ければ柳橋だ。大川に流れ込む神田川の一番河口に近い橋で、その一帯に船宿が軒を連ねている。総格子の二階建てに瓦屋根、白暖簾を下げたうめ川は、付近の船宿の中でもひときわ目を引く豪勢な建物だった。まだ昼間だから軒行灯(のきあんどん)は出していないが、夜の灯火の華やかさはいかばかりかと、おせいはうめ川の前に立ってふと思う。行灯や提灯(ちょうちん)の灯りが大川の水面(みなも)に映って、天の河(あまのがわ)のように見えるかも知れない……。

「ごめん下さいまし。常盤町のおせいでございます。お仕立物をお届けに上がりました」

おせいは勝手口に回って声をかけた。

「ああ、ご苦労さん。ちょいと待っとくれ」

近くにいた下働きの女がすぐに奥へ行き、女中頭(がしら)を連れて戻ってきた。

「ご苦労だったね、おせいさん。上がっておくれ」

おせいは大柄な女中頭の後について、台所の隣にある小さな座敷に入った。そこで風呂敷を解き、仕立て上がった着物を見せると、女中頭は一枚一枚手に取って、子細に裏表を調べてから、満足そうに頷(うなず)いた。

「良い腕をお持ちだね。さすがは益田(ますだ)屋のお内儀(かみ)さんのご推薦だ」

「ありがとう存じます」

おせいは丁寧に頭を下げた。

益田屋は大伝馬(おおでんま)町に店を構える老舗(しにせ)の紙問屋(かみどんや)で、うめ川の上得意でもあった。息子の真吉が益田屋に奉公に上がったのが縁で、おせいは奉公人の春秋のお仕着せを仕立てる仕事をもらっている。うめ川の仕事を紹介してくれたのも益田屋のお内儀だった。今年二月の大火でそれまで仕立物を頼んでいた職人が命を落とし、後釜を探していると聞きつけて、おせいを推薦してくれたのだ。お陰で、更衣で女中に着せる揃いの袷を十枚、注文してもらった。

「注文してからひと月足らずしかなかったのに、丁寧な仕立てだ。これなら何処へ出しても恥ずかしくない。これからもうちの仕立物は、おまえさんに頼みますよ」

「畏れ入ります」

　おせいは再び頭を下げ、女中頭を手伝って広げた着物を畳み直した。

　約束の手間賃をもらい、おせいはうめ川を出た。せっかく柳橋まで来たので、帰りは横網町のおとせの家に顔を出しておこうと思った。おとせは亡くなった亭主幸吉の姉で、駄菓子屋を営んでいる。おせいと同じく連れ合いに先立たれたが、子供がなく、ずっと独り暮らしだ。

　おせいは廣小路に出て手土産に稲荷寿司を買い、両国橋を渡った。

「おや、いらっしゃい」

おせいの顔を見ると、店先に座っていたおとせの顔がほころんだ。

「近くまで来たから。これ、お土産。お夕飯代わりに」

「あれ、まあ。気を遣わないでおくれよ」

おとせは座敷を振り返り、目顔で座布団を勧めた。

「ま、上がって。今、お茶淹れるから」

「ねえさんこそ、お構いなく。ちょいと顔見に寄っただけだから」

そんなことを言いながらも、おせいはおとせの家に寄ると、ついおしゃべりに花が咲いて長っ尻になってしまう。ウマが合うというのだろうか。普通は死んだ亭主の姉などとは疎遠になるものだが、おとせは幸吉が急死したとき、親身になって残されたおせいと真吉の面倒をみてくれ、その後も何くれとなく手助けをしてくれた。そんな経緯もあり、身寄りのないおせいには、おとせが実の姉のような気さえするのだった。

そして、二人が会えば話題はまず真吉のことだった。

「で、真坊は今度はいつ帰ってくるんだえ?」

「それが、よく分からないんですよ」

「この前帰ってきてから、そろそろひと月になるんじゃないかえ?」

「真吉が言うには、近頃は診療所の仕事も学問も、一段と大変になったとかで……」

「そりゃまあ、大変なのは仕方ないが……」

おとせは不満そうに煎餅を嚙んだ。

西本芳斎といえば江戸随一と謳われる蘭法医だった。真吉はその芳斎に見込まれて助手となり、蘭方医学の勉強を続けながら、患者の診療にも当たっている。並大抵の忙しさでないことは、おとせにも想像が付いた。

「でも、同じ江戸に住んでるのに……それも神田の豊島町なんて、目と鼻の先じゃないか。それが月にいっぺんも親の家に顔を出せないなんて」

「仕方ありませんよ。あの子はなんていうか……鳶が鷹を生んだじゃ追っつかないみたいで」

おせいはそこで曖昧に言葉を濁した。おとせに気を遣う必要はないのだが、真吉について語るときはいつも自慢げに聞こえないように気を付けていて、それがすっかり習い性になっている。それほど真吉の優秀さは飛び抜けていた。

何しろ幼い頃から人一倍利発で、字は一度見たら覚えてしまい、寺子屋に行く前から家にある黄表紙をスラスラと読んだ。寺子屋では〝神童〟と呼ばれ、数えの十一歳で益田屋に奉公に出ると、そのあまりの頭脳明晰ぶりに驚嘆した主人が西本芳齋の蘭学所「啓明塾」に通わせてくれた。そこでもたちまち頭角を現し、西本芳齋に目をかけられて、今では啓明塾の副塾頭に任ぜられている。大層な出世物語だった。

「……ほんとに、誰に似たんだか。あたしもうちの人も、頭の方はからっきしだってえのに」

「そうだよねえ」

茶を啜りながら、おとせも神妙な顔で頷いた。

「うちもご先祖に神童なんぞいやしない。あたしも弟も両親も、頭の出来はやっとこさ人並みってとこだ。どうして真坊みたいなとびきり出来の良い頭が生まれたんだか……」

おせいは先月家に帰ってきたときの真吉の様子を思い浮かべた。激務のせいか、少し痩せたようだった。去年まではいくらか残っていた少年ぽさがすっかり消え、大人の男の顔になっていた。今年取って二十歳だから当然だろうが、息子はいつまでも子供と思っていたので、すっかり驚いてしまった。

「ねえさん、あたしはこの頃、空恐ろしくなるんですよ」

「何がさ?」

「真吉があたしの子供に生まれたことが……」

　おとせは一瞬、怪訝(けげん)そうに目を瞬(しばたた)いた。

　おせい自身が、自分の言葉に驚いていた。そして、口に出したことで、はっきりと自分の感じている不安の正体を知った。

「あの子はうちみたいな貧乏人じゃなくて、益田屋さんとか、芳齋先生とか、お大名とかお旗本とか、とにかくもっと立派な家の子に生まれるはずだったんじゃないかって、そう思うんです。それが何かの間違いでうちの子になってしまって……。あたし、何だか真吉に申し訳ないような気がするんですよ」

　真吉がうんと小さい頃は良かった。無邪気(むじゃき)に「鳶が鷹を生んだ」ようなわが子の出来の良さを喜んだ。もちろん、大それた夢など持つはずもない。子供の頃の飛び抜けた利発さも、いずれ「十で神童、十五で才子、二十歳過ぎればただの人」の格言通り、尻すぼみになっていくだろう。大人になったとき、親より少しはマシな暮らしが出来ていれば、それで御(おん)の字だった。

　ところが尻すぼみどころか、真吉の才智は末広がりだった。益田屋へ奉公に上がって啓明塾に通わせてもらっていた頃までは、おせいも素直に息子の幸運を喜んでいた。だが「啓明塾始まって以来の俊英」などともてはやされ、先輩たちをさしおいて副塾頭に就任し、蘭方医として活躍している姿を見ると、これが本当に我が息子かと、目を疑わずにはいられない。よそ様の大事なお宝が、何かの間違いで自分の腹に宿ってしまったのではないかと、そんな気さえするのだった。

「バカなことをお言いでないよ」

おとせはズバリと切って捨てた。

「思い出してごらんな。今でこそ真坊は丈夫で病気一つしないが、小さい頃はしょっちゅう熱を出して喉を腫らしていたし、咳が止まらなくて労咳じゃないかって言われたこともあった。いつもあんたが寝ずの看病をして、仕立物で稼いだ金を医者と薬にそっくり注ぎ込んで、それでやっと助かった命なんだよ。あんたが母親でなかったら、真坊は十まで生きられたか分かりゃしない。違うかえ？」

「……ねえさん」

おせいは不覚にもホロリと涙ぐんだ。

「それとも、真坊が母親をないがしろにするようなことを言ったのかえ？」

おせいはあわてて首を振った。

「そんなこと。真吉はあの通り、親思いの優しい子ですから」

「なら、良いじゃないか。変に気を回すのはおよしな」

　おとせはにっと笑ってみせた。

「ドンと胸張ってりゃ良いのさ。あたしが天下に隠れのない、日本一の鷹を生んだ鳶でございってね」

　おせいも釣られて笑顔になった。

「でもまあ、あたしもおまえさんの取り越し苦労を笑えないさ。黒船この方、まるで地獄の釜の蓋が開いたようだ。物騒なことばかり起きる。この先、世の中はどうなるやら……」

　おとせはうんざりしたように言って首をすくめた。

「あたしはどうせ、そう長くはないから良いが、真坊の行く末を思うと心配だよ」

「よして下さいよ、ねえさん。まだ五十にも間があるじゃありませんか」

「すぐそこだよ」

　おとせはおせいより十歳年上で、今年取って四十九だった。人生五十年と思えば、そろそろお迎えが来てもおかしくはない。しかしおとせは丈夫でしっかり者だから、当分その心配はなさそうだ。

「黒船の次が大地震、その次が大水で、今度は大火事でしたものねえ。次は何が来るのやら……」

　おせいもおとせに倣って、ここ数年の間に起こった数々の大事件を思い浮かべた。

　浦賀沖に黒船が現れて江戸中を震撼させたのは五年前の嘉永六（一八五三）年、江戸に大地震が起きて水戸様の藩邸を始め御曲輪内の幕閣の屋敷が無惨に崩れ去ったのは三年前、安政二（一八五五）年の十月だった。そのときも地震に伴って江戸のあちこちで火災が起こったが、幸い風が穏やかだったために大火災にならずに鎮火した。そしてまだ大地震からの復興途上にあった翌安政三（一八五六）年八月、江戸は未曽有の台風に襲われ、暴風と高潮で本所・深川・洲崎から品川海岸通りにかけてがほとんど水没し、海のようになった。溺死者・漂流者は十万人に達した。

　さすがに去年は大きな災害もなく、江戸中がホッと胸を撫で下ろしたのもつかの間、今年に入って大火事が起きた。

　安政五（一八五八）年二月十日戌の刻（午後八時頃）、日本橋按針町と長浜町二丁目の境にあった魚屋の納屋から出た火は、折からの北風に煽られて燃え広がり、江戸橋を越えて青物町から左内町、本材木町四丁目まで延焼し、さらに霊岸島を含む日本橋の東南部を焼き尽くした。火は翌日の巳半刻（午前十一時半）頃にようやく鎮火したが、この火事で大小百十八の町が灰燼に帰し、阿波藩中屋敷、細川越中守屋敷、松平淡路守屋敷なども焼け落ちたのだった。

幸い、おせいも真吉もおとせもそれらの被害を免れた。だが、それは単に運が良かったからに過ぎない。江戸の町ではしょっちゅう火事が起こるから、いつ大火に巻き込まれるか分からない。本所に住んでいれば大水とはいつも隣り合わせで、次の台風で長屋が流されてしまうかも知れない。まさに一寸先は闇だった。とくに長屋住まいの貧しい者たちに、災害は容赦がない……。

「本当に、どうしちまったんでしょうね。立て続けに怖いことばっかり」

「あたしゃ鯰絵を二枚買ったんだが、御利益はどうかねえ」

大地震の後、護符として鯰を描いた絵が大流行した。

「せめて、真吉の身に何も起きなきゃいいんだけど」

「真坊は大丈夫さ。あの子は運が強いもの」

おとせにきっぱりと言われると、素直に信じられる。そう、真吉は運が良い。本人の資質はもちろんだが、次々に有力な支援者が現れて、引き立ててくれたではないか。

「ただねえ、あの子には別の心配がある」

「何です？」

「女さ」

「まさか」

　おせいは一笑に付そうとしたが、おとせは真顔で先を続けた。

「身内の欲目を取っ払って見ても、真坊は役者にもいないような好い男だよ。女が放っちゃおかないさ。変な女に引っかかるんじゃないかと、あたしゃこの頃気が揉めてさ」

「ねえさん、その心配はご無用ですよ」

　今度はおせいがきっぱりと言った。

「あの子の頭の中は学問と患者さんのことでいっぱいです。色恋がつけいる隙なんぞありませんよ」

「でもねえ、この道ばっかりは、お釈迦様も日蓮上人も苦労なすったようだからねえ」

「真吉に限って、大丈夫ですよ」

　子供の頃から息子を間近に見て、その異常なほどの向学心と知識欲を知っていた。啓明塾へ通えることが決まったとき、そして西本芳齋の弟子に取り立てられたとき、真吉がどれほど喜んだか、まだ記憶に新しい。たまに家に帰ってくると、充実しきった顔つきで、新しい知識と技術を学ぶ日々の幸せを語るのだ。

　おせいは学問とは無縁だったが、それが息子にとって命に代え難いほどの価値があるということだけは、ひしひしと感じていた。だから学問の障りになるようなことは絶対にしないだろう。酒も女も賭け事も、学問の障りになるほどのめり込むことは決してない。おせいはそう確信していた。

「だけど、いくら真坊にその気がなくたって、女が勝手に血道を上げてトチ狂っちまうことだってあるじゃないか」

　おせいはつい苦笑を漏らした。

「ねえさん、そこまで先回りして心配したら、こっちの身が保ちませんよ」

「そりゃそうだ」

　おとせもあっさり気持ちを切り換えた。元来さっぱりして思い切りの良い気性なのだ。

「今度、真坊が帰ってくる日が分かったら知らせておくれよ」

「それは、もう」

　そこへ子供が三人連れ立って駄菓子を買いに来た。キリが良いのでおせいは腰を上げ、おとせの店を出た。

　常盤町へ帰るまでの道すがら、おせいはおとせの心配の種を心の中で反芻した。口に出したことはなかったが、実はおせいも息子の真吉は並外れた美男だと思っている。少年の頃は、女にちやほやされて心得違いをしたら大変だ……と案じたこともある。もちろん、今はそんな心配は少しもしていないが。

　それにしても……と、おせいは思う。おせいも幸吉もそれなりに人好きのする容貌ではあったが、せいぜい十人並みというところだ。そんな二人からどうして真吉のような美形が生まれたのか、これもまたまったくの謎だった。

　いくぶん狐につままれたような心持ちながら、これはずいぶんと贅沢な話ではないかと、おせいは思い直した。

　息子の出来の良さに気を揉む母親なんて、滅多にいるもんじゃない。あたしはほんとに幸せ者だ……。

　大川を渡ってきた涼しい風が、おせいの頬をさらりと撫でて通り過ぎた。

　神田川に沿って続く柳原土手の南側、新シ橋から西の和泉橋にかけて半分くらいまでの土地が豊島町で、一丁目の隣に細川長門守の屋敷がある。そのお屋敷と境を接する西側の一帯を借り受けて、西本芳齋は蘭方医学の学問所啓明塾を開いていた。

芳齋は長崎でシーボルトに学んだ経歴を持っているが、シーボルト事件では幸いにも連座を免れた。そして、蘭方医学の勉強を通して近代西洋社会の先進性に触れ、日本の後れを取り戻さなくてはいけないという危機感と使命感を抱くに至った。

まずは医者として医療技術の革新と医療制度の拡充をめざし、診療所を開設した。芳齋の考えに共鳴して支援してくれる大名や旗本、それに裕福な商人たちもいて、土地を無料で貸与してくれた上、運営資金を援助してくれた。お陰で金のない人間でも治療を受けることが出来た。

しかし、社会を変革するには医療だけでは不十分だった。

そこで芳齋は啓明塾を開き、後進の育成に努めた。優秀な蘭方医を数多く輩出することにより、漢方医学との勢力争いを制する狙いもあった。芳齋は名医として評判が高かったから、入塾希望者は引きも切らず押しかけた。芳齋は本人に向学心があれば身分や出自を問わなかったが、必然的に各藩の藩医の子弟や開業医の息子などが多く集まった。しかし、医学と関係のない家に生まれた者もいた。蘭学は語学学習が必須であり、外国語を学ぶことは即ち西洋文明を学ぶことでもあった。旗本・御家人の二男・三男などで、養子先の決まっていない者が何人も入塾したのは、新しもの好きで語学習得が目的だった。

芳齋は塾生の身分出自を問わなかったが、学力審査は厳しかった。実力別に五つの組に分けて月に二度試験を行い、五回続けて合格しなければ上の組へは昇格させない。中には何年経っても昇格出来ず、腐って塾を去っていく者もいたが、ほとんどの塾生は必死に勉学を続け、一人前の蘭方医として巣立っていった。

そして、最後に乗り出したのが教育の普及だった。江戸では寺子屋に通っている子供は大勢いるが、ほとんどは読み書き算盤を覚えただけで奉公に出る。芳齋はそこに公衆衛生の教育を加えたいと思っていた。病には予防がもっとも肝要で、衛生を心がければ防げる病は沢山あるというのが持論だった。そのため、啓明塾の塾舎の隣に寺子屋を設け、これもほとんど無料で子供たちを指導した。そして先生役を交代で務めるよう塾生たちに命じていた。

診療所は朝から芋を洗うような混雑ぶりだった。春先から悪い風邪が流行っていて、とくに子供の患者が多い。本来なら治療代だけで二両がとこ掛かる高名な先生が、ほとんど金も取らずに患者を診た上に霊験あらたかな薬を処方してくれるというので、親たちは藁にもすがるような思いだ。子供を背負って遠方からもやってくる。

その若い母親も、娘の診療をしている真吉の表情を必死の面持ちで見つめていた。三日前から咳が出始め、昨夜は真っ赤な顔でぐったりし、額が火のように熱くなったという。

真吉は木製の聴診器を少女の胸に当て、心音と呼吸音を聴いた。少女が息をする度に冬の木枯らしのような音が耳に響く。真吉は聴診器を外し、腋の下、首の付け根、顎の両脇などを触診した。

「口を開けて」

喉の奥は赤く腫れていた。

「はい、もう良いよ」

真吉は少女の着物を直し、にっこりと微笑んだ。年の頃は六歳か七歳くらい。大きな瞳が熱で潤んで光っていた。

「先生……」

母親がすがるように真吉を見た。母親の目は涙で潤んでいる。

「大丈夫。かなりこじらせてしまったが、ただの風邪だ。とにかくあったかくして寝かせなさい。よく効く薬を出すからね」

「ありがとうございます！」

頭を下げた拍子に、堪えていた涙がポロリと落ちた。顔を上げたときは、申し訳なさそうに視線を落としていた。

「あのう……先生、お薬代のことなんですが」

真吉は安心させるように微笑んだ。

「それは心配しなくていいよ。薬を買ったつもりで卵でも買って、熱が引いたらこの子に食べさせてあげなさい」

「あ、ありがとうございます！」

母親はパッと顔を輝かせ、もう一度頭を下げた。少女は潤んだ瞳で真吉をじっと見た。

「あたい、大きくなったら先生のお嫁さんになってあげる！」

「こ、この子ったら……!?　おてる、先生に謝るんだよ！」

母親はびっくり仰天して狼狽したが、真吉は楽しそうに笑い声を立てた。

「それはありがとう。おてるちゃんか？　おっ母さんの言いつけを守って、しっかり養生するんだよ」

「うん！」

真吉はおてるの頭を撫でてから、隣室で名前を言って薬をもらうように告げ、待合所に向かって声をかけた。

「次の方、どうぞ」

診療所は暮れ六ツ（午後六時）で閉める決まりだったが、定時で仕事を終われる日はほとんど無い。患者が多すぎて、毎日のように大幅に刻限を過ぎてしまう。その日も戌の刻（午後八時）近くになってから、やっと診察を終えることが出来たのだった。

啓明塾には現在塾生が三十名ほど在籍していた。その中で実際に患者の診察に当たるほど医療の修練を積んだ者は、塾頭の北川順平（きたがわじゅんぺい）を筆頭に十名で、真吉は最年少でその任に選ばれた。そして、翌年には先輩を飛び越えて副塾頭に取り立てられたのだった。

診療所にはその十人が五人ずつ、一日交替で出る規則だった。

他の塾生は勉強の時間を割（さ）かれるので診療所に出るのを嫌がったが、順平と真吉はいつも進んで患者の診療に携（たずさ）わった。とくに真吉は代診を頼まれれば快（こころよ）く引き受けるので、十日連続で診療所に出たことさえあった。

　順平は西国の藩の蘭方医の息子で、塾生の中では最年長の三十二歳だった。啓明塾に入る前にすでに医者として経験を積んでおり、芳齋の名代として大名旗本の屋敷へ往診に行くこともあったが、未だ修業中の身であるとして妻帯していなかった。芳齋の信頼も厚く、塾生たちの人望もあり、順平が啓明塾の後継者に推されるのは衆目の一致するところだった。

「真吉さん、おかわりは？」

　台所の板の間に膝をついて、おさきが盆を差し出した。

「ああ、ありがとう」

　真吉は空になった大振りの茶碗を盆に載せた。診療所の後片付けをしてから引き上げてくるので、いつも夕食は最後になる。他の塾生はとっくに食事を終えて、部屋に引き上げて勉学にいそしんでいる頃合いだ。

　おさきはご飯を大盛りによそい、沢庵も追加で出してくれた。啓明塾には飯炊きの婆さんの他に女中が三人いて、二十二歳のおさきは最年少だが、女中頭だった。十歳で奉公に上がり、芳齋の亡き妻に一から家事を仕込まれた。その上本人が物覚えが良く、利発で気働きがあって手先が器用だから、夫人亡き後はおさきなしでは家政が回らなくなった。啓明塾を裏側から支えていると言ってよい。

いつも地味な縞木綿の着物を着て化粧気もないが、きりりと引き締まった顔立ちは美しく、豊かな表情が人の心を惹き付けた。

若い男ばかりの塾生たちは、当然ながらみな、おさきに気を惹かれた。真吉以外の青年は、たいてい一度はおさきにちょっかいを出そうとして、手厳しくはねつけられた経験がある。年こそ若いが女中頭として家政を取り仕切るおさきから見れば、人生経験の乏しい塾生など小僧っ子同然で、まったく相手にならないのだろう。

「ごちそうさまでした」

真吉は食べ終わった食器を流し台に運び、外に出た。

啓明塾の塾生は住み込みの者と通いの者がいる。住み込みの塾生には三食が付くが、下宿代はもちろん食事代も無料だった。江戸に住居のない藩医の子弟はほとんど住み込みで、旗本御家人の子弟は自分の屋敷から通ってくる。芳齋の片腕である北川順平は屋敷内に居室を与えられているが、真吉は副塾頭となった今も、内弟子として大部屋に住み込んでいた。

「あら、真吉さんたら、いいわよ」

食器を洗っていたおさきが、びっくりして振り向いた。真吉はかまわず、井戸から汲(く)んできた水を洗い桶(おけ)に注いだ。

「手伝うよ」

手早く襷(たすき)を掛け、おさきの隣に立って食器を洗い始めた。おさきはあわてて首を振った。

「それより、早くお部屋に戻って勉強しなきゃ……」

「うちは母親と二人暮らしだったから、こういうのは慣れてるんだ」

実際、真吉はとても手際がよくて、洗い物がはかどった。

「ごめんなさい、いつも」

「こっちこそ、おさきさんには世話になってるから」

「みなさん、ずるいわ。面倒なことはいつも真吉さんに押しつけて。診療所だって、寺子屋だって、塾生が順番に交代で務めることになってるのに」

「実際に患者を診るのはとても良い勉強になるよ。それに俺、子供が好きだから寺子屋も向いてるのさ」

「だって、真吉さんも勉強があるじゃないの。何もかも引き受けてたら、勉強する時間が無くなっちまうわ」

「俺にはご恩返しでもあるんだ」

食器を洗う手を止めずに真吉は言った。

「丁稚小僧だった俺を啓明塾に通わせて下さった益田屋の旦那様、弟子に取り立てて下さった芳齋先生……。この身が授かったご恩を思えば、出来ることは何でもしないとバチが当たる」

おさきは感心して思わず溜息を漏らした。

「……えらいわねえ。あのワガママ坊ちゃんたちに、真吉さんの爪の垢でも煎じて飲ませてやりたい」

おさきが言っているのは、塾生の内海恭之介のことだった。直参旗本の四男坊で、塾生仲間の御家人の息子二人を子分にしている。身分をかさに着て他の塾生を軽んじる言動がやまず、芳齋も順平も手を焼いていた。とくに、貧しい町民の子でありながら啓明塾始まって以来の俊英と謳われ、副塾頭に上った真吉を目の仇にして、ことあるごとに因縁を付けてくる。内海たちに何を言われても、真吉はさらりと受け流して相手にしないが、決して良い気持ちはしていないだろう。

だが、真吉は屈託のない口調で答えた。

「ワガママ言えるなんて、俺は羨ましいけどな」

おさきはちらりと真吉の横顔を見遣った。幼くして父を失った真吉の苦労は、おさきのそれと重なった。ワガママを言える贅沢をほとんど味わうことなく大人になったのだ。そのことを身を以て知っているのは、ここでは自分と真吉だけではないかと思う。

「そうよね」

半分自分に向かって言いながら、おさきは微笑んでいた。

開け放した勝手口から、涼しい夜風が入ってきて、台所を吹き抜けた。

「良い風……」

おさきが溜息交じりに漏らすと、真吉は風の行方を目で追った。

「今時分の陽気が、一年で一番好きよ」

「俺も。風に乗って、いい便りが届くような気がする」

その時、芳齋の娘西本多代は、台所の戸の陰に立っていた。物陰に隠れて二人の様子を窺っている格好だった。

多代はもちろん、そんなつもりはなかった。台所の前を通り掛かったら真吉の声がして、何気なく中を覗いただけだった。すると、おさきと仲良く洗い物をしている真吉の姿が目に飛び込んできた。その瞬間、頭にカッと血が上り、反対に心の臓は凍り付き、足は根が生えたように一歩も動けなくなってしまった。もう少しで全身が瘧のように震えそうだった。

真吉、おまえは何をしているの？　これはいったい、どういうことなの？

叫び出しそうになるのを必死で抑え、苦労して力を振り絞り、足音を立てないように注意して、来た路を引き返した。

自分の部屋に戻った途端、多代はその場にくずおれた。いきなり涙が溢れ出し、止めようもなく流れていく。

真吉は、おさきを好きなのかも……。

そう思っただけで嗚咽がこみ上げてきた。嫉妬に苛まれているのだが、まだ多代は自分の気持ちに気付いていない。真吉に恋い焦がれていることにさえ、近頃やっと気付いたばかりだ。まして嫉妬など、これまでの多代の人生には存在しないものだった。

多代は今年十六歳になったばかりだ。母親譲りの美貌は、ほころび始めたばかりの蕾を思わせる。可憐で初々しいが、絢爛と咲き誇るにはあと数年待たなくてはならない。

一方おさきは八分咲きで、そろそろ満開に近かった。今二人を並べたら、おさきに軍配が上がるのではないか……。

それを思うと胸をかきむしりたくなる。おさきの引き締まった美貌ときっぱりとした態度や物腰は、多代とは別種の魅力だった。啓明塾の家政を一手に切り回しているだけに、その自信が一種の威厳（いげん）となって漂っていた。

真吉は、私よりおさきを好きなのかも知れない。おさきと夫婦（めおと）になりたいと望んでいるのかも知れない。もし、もしそんなことになったら、私はとても、生きていけない……！

多代は両手で顔を覆（おお）い、声を殺して泣き続けた。

部屋に戻った真吉は、一番隅に座って書を開いた。二十畳の部屋には十二名の塾生が寝起きしていて、夜更（ふ）けてもみな勉強に余念がない。試験の前は二冊しかないオランダ語の辞書『道富波留麻（ズーフハルマ）』の奪い合いになる。塾生用に二冊ある『道富波留麻』の一冊は、真吉が書き写した複写本だ。読んで覚え、書いて覚えたので、オランダ語は身体の一部のようにピッタリと身について、扱いも自在だった。

真吉が読んでいるのは、渋川敬直（しぶかわひろなお）が翻訳（ほんやく）した日本初の英文法書『英文鑑（えいぶんかがみ）』だった。英単語と簡単な会話文を収録した『諳厄利亜興学小筌（あんぐりあこうがくしょうせん）』と日本初の英和辞典『諳厄利亜語林大成（あんぐりあごりんたいせい）』は、すでに読んで暗記していた。それだけでなく、これもまた複写本まで作り、塾生用に提供した。三年前のことだ。

『英文鑑』を読み進むにつれて、真吉の胸には喜びが湧き上がってくる。思った通り、英文法の構造は蘭文法の構造と同じだった。違うのは単語だけだ。並べ方の法則が同じなら、単語さえ知っていればあとは何とでもなる……。

辞書は、真吉には引くものではなく読むものだった。読めばたちどころに頭に入り、いつでも引っ張り出すことが出来る。啓明塾に拾われて今年で七年、オランダ語の辞書を片手に原書を読む塾生を尻目に、すでに英語を征服に掛かっている。

黒船が来航したとき、真吉はこれからの時代に必要なのはオランダ語ではなく、英語だと確信した。事実、幕府は二年前にオランダ語を主、英語を副とする学習機関「蕃書調所」を開設した。英語が副になったのは、英語を習得した人材が不足しているからに過ぎないと、真吉は睨んでいた。

まさにその通り、幕府は文化五（一八〇八）年に遭遇した「フェートン号事件」により、日本が唯一交易を行っているオランダが、すでに往時の勢力を失って衰退し、代わって英国が覇権を握っていることを思い知らされた。このときから長崎のオランダ通詞に英語習得を命じるなど、英語重視に切り換えつつあった。

真吉が英語に飛びついたのは、最も進んだ医療は最も勢力のある国で行われると思ったからだ。最新の医学書は英語で出版されるに違いない。それなら、最新の医学を学ぶには英語が欠かせない……。

書と向き合う真吉の顔は、患者に向ける穏やかな表情とは一変していた。書面を突き通して裏側へ抜けるのではないかと思われるほどに真剣な眼差し、鋭い眼光だ。日照りで渇した者が水を飲み干すように、文字で書かれた知識を取り込んで吸収していく。未知なるものへの憧れと天命を知る自負心が、真吉の身体の中に渦巻き、前へ前へと突き動かしていた。

毎朝、真吉は明け六ツ（午前六時）前に起床する。塾生の中では一番の早起きだ。着替えて顔を洗い、屋敷の二階にある三十畳の広間を掃除するのを日課にしていた。そこが啓明塾の学問所で、朝食を終えた塾生たちがすぐに講義を聴けるよう、文机を並べて拭いておく。真吉が学問所の準備を終える頃、他の塾生たちは起きてくるのだった。

「真吉」

机を拭く手を止めて振り返ると、敷居の向こうに多代が立っていた。いくらか瞼が腫れぼったいので、風邪を引いたのかと訝しみ、多代の顔をじっと見た。

った。

「多代さま、おはようございます。如何なさいました？」

多代が唇を引き結び、思い詰めたような顔をしているので、真吉はますます訝った。

「……あのう？」

「真吉、お前、おさきを好きなの？」

石のように硬い声でお多代が問うた。

真吉は一瞬、主旨が分からずにきょとんとしたが、すぐに屈託のない口調で答えた。

「はい。大好きです。いつもお世話になっていますし、親切でよく気がついて、陰日向のない働き者です。塾生はみんなおさきさんが好きで、感謝しています」

多代の唇がわなわなと震え、両の瞼に涙の粒が盛り上がった。

「真吉のバカ！　大きらい！」

多代は投げつけるように叫ぶと、パッと身をひるがえし、廊下を走った。慌ただしく階段を駆け下りる音が続いた。

真吉は溜息を吐いて顔をしかめ、肩をすくめた。

おせいは朝から落ち着かず、ソワソワし通しだった。新しく注文のきた仕立物を手にしたが、それどころではなくて、途中で針を置いてしまった。

今日はひと月ぶりで真吉が帰ってくるのだった。夕方になると言われたが、夜が明けたときから待ち遠しくてじっとしていられない。

あの子が家に帰ったら、まずは甘いもので……きんつばでも買ってこよう。それから湯屋に行かせて垢を落として……夕飯は両国の橋詰めで鰻をおごろうか、それともちょいと深川に足を延ばして、夕市で活きの良い刺身でも見つくろってこようか。とにかく、のんびりさせてあげよう。他人様の家にご厄介になっているんだもの、そりゃあ気も疲れるだろうし、身体だってくたくたに違いない。

うめ川の注文をもらって本当に良かった。手間賃をはずんでもらったから、いくらでも美味しいものを誂えてやれる……。

おせいはいつもより早く起き出した。普段は朝に一日分の飯を炊くのだが、今日は真吉に炊きたてを食べさせたいので、朝も昼も昨日の残りご飯の茶漬けですませることにしていた。

朝飯をかき込むと家の中を掃除した。六畳一間の裏長屋ではあるが、奥に障子戸と縁側が付いていて、夏でも風が抜けるようになっている。二階建てで物干し台の付いた長屋もあるが、おせいの稼ぎでは手が出ない。布団をかついでいって井戸端の物干し場に干した。真吉をふかふかの布団で寝かせてやりたいのだ。

昼過ぎに近所に買い物に行くと、青物屋に時期はずれの菜の花が出ていた。

「珍しいこと、今時分に。旬の名残かえ」

「一つどうだえ、おかみさん。今年の食べ納めだよ」

「おくれな。あとはその筍を」

真吉は菜の花のゴマ和えが大好きなのだ。旬の筍で若竹汁と筍ご飯を作るつもりだった。

あとは卵と油揚げを買ってあぶ玉にして……そうだ、やっぱり夕市へ行って、刺身を見つくろってこよう。

おせいは買い物を済ませ、いそいそと家に向かった。


夕七ツ（午後四時）過ぎに真吉が長屋の木戸を入ってきたとき、井戸端で野菜を洗いながらかまびすしくしゃべり合っていた女たちはハッと息を呑み、思わず手を止めた。

格好からして町人ではなかった。木綿の着物に袴を着け、髪は月代を剃らずに儒者髷に結っている。背が高くて姿が良い。身の丈五尺七寸（約一七三センチ）あまりだろう。色白く細面の顔は中高で鼻筋が通り、口元が引き締まっている。まつげの長い切れ長の目は、見つめられたら魂が蕩けてしまいそうだ。妖しいまでに美しいのに、そこらの女たらしの軽薄さは微塵もない。毅然として威厳さえ漂っているが、人を寄せ付けない権高さとは違う。まさに「威あって猛からず」ではないか……。

女たちはこれまで何度か真吉と顔を合わせているのだが、何度見ても見惚れてしまうのだった。

真吉は井戸端に進み、ぺこりと頭を下げた。

「こんにちは。ご無沙汰しています」

おかねがあわてて立ち上がった。

「……ああ、若先生。おせいさん、今買い物に出てて、おっつけ帰ってくる頃だけど、若先生が先に帰ったら、家で待っててって」

おかねは裏返った声でしどろもどろに説明した。

「そうですか。皆さんにはいつも母がお世話になっています」

真吉は白い歯を見せて微笑し、もう一度頭を下げてからおせいの家に入った。

女たちは真吉が腰板障子を閉めるまでじっと目を凝らし、そのあと一斉に溜息を吐いた。

おせいがこの長屋に越してきたのは一昨年の大水の後で、そのときから医者の修業をしている一人息子がいるとは聞いていた。女手一つで健気(けなげ)なことだとみな感心したものだが、実物を見るまで誰もこれほどの美男とは思わなかった。おせいを訪ねて初めて真吉が長屋に姿を現したときは、蜂(はち)の巣をつついたような騒ぎになったほどだ。その後も真吉が訪ねてくる度に、女たちの声は高く、かまびすしくなるのだった。

「まあ、おせいさんも苦労のし甲斐(がい)があったってもんだねえ」

おかねが誰に言うともなく、何度も言った台詞(せりふ)を口した。

それを受けて、別の女が皆の気持ちを代弁した。

「あたしも一生にいっぺんで良いから、あんな好い男と一苦労してみたいよ」

女たちは派手な笑い声を立て、再び手を動かし始めた。

「真吉、帰ってたのかえ?」

それから四半刻(三十分)もしないうちに、おせいは長屋に戻ってきた。

「ただいま。おっ母さん」

壁にもたれて胡座(あぐら)をかいていた真吉は、膝の上に広げた本から目を上げ、弾んだ声で言った。

「早かったんだねえ。ごめんよ、留守にしちまって」

　おせいは経木に包んだ刺身を台所に置くと、座敷に上がって真吉と向かい合った。夕市で鮪の良いのが手に入ったので、嬉しさもひとしおだ。

「きんつばをお上がり。今、お茶を淹れるからね」

「おっ母さん、お客さんじゃないんだ。かまわないで良いよ」

「おまえ、また少し痩せたようだ。ちゃんと飯は食べてるのかえ？」

　真吉は苦笑した。

「芳齋先生の家じゃ、毎日滋養のあるご飯を食べさせてもらってるさ。朝は必ず納豆が付くし、夜も二日にいっぺんは魚が出るんだ。ご飯とおみおつけはお代わりし放題だって、前にも言ったろう？」

　だが、母親がいないと色々行き届かないところもあるのではないかと、おせいはつい勘ぐってしまう。

「夕方にはおばさんも来るからね。御馳走をたんと作るよ。鮪のお刺身、あぶ玉、若竹汁に筍ご飯、それに大好きな菜の花のゴマ和え」

「そいつぁ豪儀だ。八百善にでも呼ばれたようだ」

　おせいはびっくりして目を丸くした。

「おまえ、八百善に行ったのかえ？」

「まさか。そんな身分じゃないよ」

おせいは思わず笑みをこぼしたが、真吉は真顔になった。

「だけど、いつかおっ母さんを八百善に連れていってやるよ」

「それはおかたじけだねえ」

「本当だよ。そう先の話じゃないさ。俺は今月から芳齋先生の代診で、日本橋の大店や旗本屋敷にも伺うようになったんだ」

現在、芳齋は他の蘭方医と協同で出資し、江戸に種痘所を開設すべく、日夜多忙を極めているのだった。

「真吉、無理をしないでおくれよ。無理して身体を壊すのが、おっ母さんは一番心配だからね。今だって、三国一の幸せ者だと思ってるんだ」

真吉は安心させるように頷いてから、優しい声で言った。

「分かってるさ。だけどおっ母さん、無理しなかったら、俺みたいな者が学問なんか続けられやしないよ」

「そりゃそうだけど……」

「それに、蘭方医学は無理するだけの甲斐のある学問さ。今じゃ外科はもちろん、本道（内科）でも漢方を凌駕する勢いだ。俺は幕府の御殿医が蘭方に代わる日も遠くないと思ってる」

　蘭方医学の未来を語るとき、真吉の目はいつも楽しげに輝いた。

「俺だって、いつか法眼・法印の位に上るのも夢じゃない。そしたらおっ母さん、うんと楽させるから。今までさんざ苦労させた分、何倍にもして返すから。長生きしておくれよね」

　おせいはあやうく涙ぐみそうになり、あわてて笑みを作った。

「ああ、そうだね。楽しみにしてるよ」

　このままいつまでも真吉と話していたかったが、袂に入れた襷を出し、両袖にきりりと掛けて立ち上がった。

「ご飯の支度に掛かるから、湯屋に行ってさっぱりしておいで。それとも、もし疲れてるなら横におなりな」

「そうだな。じゃ……」

　真吉は座布団を引っ張り出して二つ折りにすると、それを枕代わりにごろりと横になった。よほど疲れていたのか、おせいが土間に下りてへっついに火を熾したときには、すでに寝息を立てていた。

こうして一眠りすると、起きたときには啓明塾から貼り付けてきた緊張感がすっかり消えて、のんびりした柔らかな顔つきに変わっている。それを見ると、真吉が子供の頃と少しも変わらないことが確認されて、おせいは安堵するのだった。

菜の花のゴマ和えとあぶ玉が出来上がり、筍ご飯が炊き上がって若竹汁も温まった頃合いで、表から声がかかった。

「ごめんよ」

腰板障子を開けておとせが入ってきた。

「ああ、ねえさん、いらっしゃい」

その物音で真吉が目を覚まし、むくりと起き上がった。

「真坊！」

「おばさん、おはよう……じゃなくて、お久しゅう」

「さ、上がって下さい。ちょうどご飯が出来たとこですよ」

しかしおとせは土間に立ったまま真吉を眺め、感嘆の声を上げた。

「真坊、ちょっと見ない間に、また一段と貫禄が備わったじゃないか。男子三日会わざれば刮目して見よって言うが、その通りだ。本当に立派になった」

「いやだなあ、やぶからぼうに改まって」

さすがに真吉は照れくさそうだった。おとせはおせいを振り向いて経木の包みを差し出した。

「これ、鰻。神田川の」

鰻屋の神田川は神田明神下に店を構えている。横網町からはかなり歩かなくてはならない。

「それはわざわざ、すいませんでしたねえ」

「なに、真坊に食べさせたくてさ」

しかし、ちゃぶ台に並べられた心づくしの御馳走を目の端で見ると、さり気なく付け加えた。

「鰻は火を通してあるから、日持ちする。明日の朝、あっため直して出しておやりな」

「そりゃあ嬉しいや。朝から鰻なんて、豪勢なもんだ。ありがとう、おばさん」

三人揃ってちゃぶ台の前に座ると、真吉が思い出したように言った。

「忘れてた。これ、芳斎先生から、おっ母さんにって」

抱えてきた風呂敷包みを引き寄せて、中から立派な経木に包まれた棒状の品物を取り出した。

「藤むらの羊羹だって」

「そんなお高いものを……」

「患者さんからの到来物だけどね。本当はおばさんも一緒に食べられる煎餅か何かの方が良かったんだけど……」

真吉もおせいも申し訳なさそうにおとせを見た。

十八年前、おとせは急な病で夫を失い、翌年には弟の幸吉にも死に別れた。たった一人の甥っ子真吉はその頃身体が弱く、風邪をこじらせて死にそうになることが何度もあった。おとせは不幸の連鎖が断ち切られるように、せめて真吉が丈夫に育つようにと願を掛け、大好きな甘いものを断った。以来十七年、甘い菓子の類は一切口にしていないのだ。

だが、おとせはいたずらっぽい目をしてにやりと笑った。

「ふふ……。実はね、甘い物断ちはもうやめたのさ」

「そりゃ初耳だ。いつから？」

「今日からさ」

真吉もおせいもぷっと吹き出し、三人は楽しげな笑い声を立てた。

「ま、あんときゃあんまり悪いことが続くんで、妙な因縁に縛られてるんじゃないかって気がして、願掛けしたんだけど……」

　おとせはじっと真吉を見つめ、感慨深げに溜息を吐いた。

「もう十分さ。真坊は立派に大きくなった」

　湿っぽい気分を振り払うように、明るい声で先を続けた。

「人間五十年。いざお迎えが来たときに、饅頭喰いたい、きんつば喰いたいで未練が残ったら、みっともないじゃないか。これからはうんと好きな物を食べることにするよ」

「それが良い」

　すると、おとせはいくらか決まり悪げに声を落とした。

「でも、ここだけの話にしておくれよ。他人様に知られるのはきまりが悪いからね」

「分かった。今度、おばさんの好きな物を土産に買ってくるよ。何が食べたい？」

「そうさねえ……」

　おとせは宙を睨んで眉を寄せた。

「言問団子、羽二重餅、長命寺の桜もち、船橋屋のくず餅、榮太樓のきんつば……」

「欲張り！」

　真吉の一声で、夕餉の席は再び温かな笑い声に包まれた。

その二　暗雲

周囲にびっしりと商家の倉が建ち並ぶ伊勢町堀に幼い少女の死体が浮かんだのは、四月の更衣の三日後のことだ。

その日の朝、塩河岸に倉を構える海産物問屋阿波屋の奉公人が、舟荷が着くのに備えて伊勢町堀に面した倉の扉を開けたときに、桟橋の杭に引っかかっている少女を発見したのだった。初めは着物が浮いていると思ったのだが、目を凝らすと朝靄の中に頭と足が覗いて、びっくり仰天して桟橋に引き上げた。死んでいるのは一目瞭然だったので、すぐさま人を呼びに走った。

伊勢町堀の北には堀留町があり、一部は堀に面している。そこに〝堀留の俊六〟と呼ばれる腕利きのご用聞きが住んでいた。現場とは目と鼻の先なので、真っ先に駆けつけたのも俊六だった。

「幹太、北町の神崎の旦那にお知らせしろ」

すぐに手下に命じて、月番の北町奉行所の同心を呼びに行かせた。俊六は北町の定町廻り同心、神崎兵庫から手札をもらっている。

引き上げられた死体は倉の前に寝かされ、筵をかけてあった。俊六は筵をめくり、死体を検めた。年齢は六、七歳で、首には絞められた痕がくっきりと残っていた。水は飲んでいない。殺してから堀に捨てたのは明らかだった。皮膚はほとんどふやけていないので、水に浸かっていた時間はせいぜい半日くらいだろう。着ているのは木綿の古着で、裕福な家の子供ではない。

ぐっしょり濡れた着物の裾をはだけて、俊六は思わず顔をしかめた。叔父の下でご用聞きの仕事を始めてすでに十五年、死体を見たぐらいで怯むわけもないが、それでも胸が悪くなった。幼い少女は無惨に陵辱されていた。血は水で洗い流されていたが、そのために凄惨な傷痕が生々しく目に映った。俊六は手早く裾を合わせた。

「この子の顔に見覚えは？」

現場に駆けつけてきた町役人二人に、死体の顔を見せた。二人とも血の気を失っていたが、それでもじっと死体を見下ろした。生前とは面変(おもが)わりしていようが、面影は残っているはずだった。

一人が俊六に顔を向け、遠慮がちに口を開いた。

「富沢町(とみざわ)で古着屋を営んでおります者の娘が、昨夜から姿が見えなくなったと知らせてきましたので、もしかして……」

「その古着屋の名は?」

「市助(いちすけ)でございます」

「とりあえず、その市助に番屋に来てもらってくれ」

俊六は町役人に告げると、小者(こもの)に手伝わせて死体を自身番に運び、同心の到着を待った。

「親分、神崎の旦那がお着きになりやした」

幹太に続いて北町奉行所の神崎兵庫が自身番に入ってきた。

「お役目、ご苦労様でごぜえやす」

俊六は土間に下りて頭を下げた。

「おめえも、ご苦労だな」

少女の死体は戸板に載せて自身番に運ばれ、そのまま土間に置かれていた。神崎は土間に膝をつくと、まず仏に合掌して筵をめくり、死体を検めた。と、忌々しげに顔をしかめた。

「……ったく、何処のけだものの仕業だ」

吐き捨てるように言って、死体に筵をかけた。大きな身体に鬼瓦のような顔を載せたいかつい醜男だが、明るくさっぱりした性格で人情味があり、柳原土手の夜鷹や深川辺りの岡場所の女たちから慕われていた。頭の方も優秀で、俊六は北町の同心の中では一番の切れ者だと思っている。

神崎の手下の俊六は、伊勢町堀から大伝馬町一帯を縄張りにするご用聞きだった。大伝馬町は木綿問屋を中心に大店が軒を連ねる日本一の問屋街である。十年前、さる大店を狙った大がかりな詐欺を暴き、被害に遭う寸前で救済した一件で〝捕り物名人〟と評判を呼び、日本有数の豪商大丸屋にも出入りを請われたほどだ。

大店からの付け届けで懐具合は潤沢で、使っている小者の数も多い。金に困らないから阿漕な真似もしない。おまけに腕と度胸は折り紙付きだから、大店のみならず近隣の住民からも頼りにされていた。

神崎とは反対に、俊六は姿が良くて端整な顔立ちだが、どこか人を寄せ付けない冷たさが漂っている。羽振りが良くて男前とくれば言い寄る女は引きも切らず、女房を世話しようとする者もいるが、本人は所帯を持つ気などさらさらなく、三十を過ぎた今も独り身を通している。気ままな暮らしが性に合っているのだろう。身の回りの世話は通いの女中、小者の世話は弟夫婦に任せきりだった。弟夫婦は俊六に金を出してもらって小料理屋を開き、その後も何かと兄のお陰を被っているので、進んで協力していた。

「親分、富沢町の夫婦が参りやした」

小者に案内されて番屋に入ってきたのは、三十くらいの男と二十五、六の女だった。女房の方は亭主の腕にすがって、ようやっと立っている様子だ。昨夜から一睡もしていないらしく、憔悴した顔つきで目の下に隈を作っていた。卵形の顔に黒目がちのパッチリした目をしているが、隈のせいでさらに目が大きく見えて、美しいというより異様な感じだ。それでも顔の作りは殺された少女とそっくりだった。

「手間を取らせてすまねえな。市助さんとやら、こう、おいでなせえ。顔を検めてもらいてえ」

市助に支えられた女房も、よろよろと筵に近づこうとするのを、俊六は目顔で制した。

「おかみさんは、見ない方がよござんすよ。あんまり見良いもんじゃねえ」

女房は立ち止まったが、土間にしゃがんだ亭主の肩越しに、筵を剝がれた死体の顔を見てしまった。その瞬間、両目が大きくカッと見開かれ、身体全体が硬直したかと思うと、破れた笛の音のような悲鳴を上げ、死体にすがりついた。

「おみち……！　おみち……！」

声を振り絞り、身を揉んで母親は泣き続けた。市助は女房の背中を撫でて何とか宥めようとしたが、とても収まるものではない。しばらくの間声の限りに泣くと、力尽きたのか急に静かになった。今は呆けたように座り込んでいる。

俊六はその間に市助を脇に呼び、事情を尋ねた。

「娘さんはおみッちゃんといいなさったか？」

「へい」

「昨夜、姿が見えなくなったと気が付いたのは、何刻かえ？」

「暮れ六ツ近く、店仕舞いした後も家に戻って参りませんでしたので、それで……」

市助は女のような優しげな顔つきをしているが、女房よりはずっとしっかりしていて、取り乱した様子はなく、受け答えもよどみがなかった。

富沢町は伊勢町堀から東へ四町（約四三六メートル）ほど先、浜町川の栄橋のたもとに広がる町で、柳原土手・芝日陰町と並ぶ、江戸最大の古着屋街だった。市助はそこに小さな店を持ち、女房のおさとと三人の子供と暮らしていた。夫婦は互いに再縁で、二人は市助の、殺されたおみちはおさとの連れ子だった。

そう聞けば、夫婦の衝撃の度合いが違うのも頷ける。

「ですが親分さん、手前どもは一年も一つ屋根の下で暮らしてきました。おみちのことは実の娘と思っています。こんな惨い目に遭わされて、可哀想で……」

市助は懐から取り出した手巾で目頭を押さえた。

「娘さんは外遊びが多かったのかえ？」

「はい。いつもとっぷり日の暮れるまで遊んでいました。年のわりにしっかりした子なんで、帰りが遅くなっても厳しく叱っちゃいませんでした。だから昨日も、少し遠くへ行き過ぎたんだろうと、そう思っておりました。それが、まさかこんなことに……」

市助は唇を噛んで俯いた。

「知らない男に声をかけられて、うっかりついていくようなことは？」

「そんなことは金輪際ありません。人さらいに気を付けろって、女房もそれだけは口を酸っぱくして言ってたんでございます」

俊六は目の端でおさとを見遣った。亭主と俊六のやりとりなど耳に入らない様子で、ただぼんやり遠くを眺めている。その目に何も映っていないのを、俊六も感じていた。

必要なことを聞き出して、俊六は市助とおさとを引き取らせた。おみちの遺体は詳しいご検死の後で家に戻すと説明した。

二人が自身番から去ると、神崎は苦い顔で溜息を吐いた。

「やりきれんな、まったく」

神崎が煙管を取り出したので、俊六は煙草盆を押しやった。小者が茶を淹れて二人の前に置いた。

「子供を殺された親ってえ奴は、この世で一番哀れなもんよ」

「まったくで」

神崎が不味そうに煙を吐き出すと、俊六も煙管を出して刻みを詰めた。

「……そういや、旦那。八年か九年前に、仙台堀に女の子の死体が浮かんだ一件がありやしたね」

神崎が煙管を外して眉を寄せた。

「……そうだ、思い出した。確か殺された女の子は七つだった」

近所の長屋に住む錺職の娘で、今回と同様、陵辱された上に首を絞めて殺され、死体は川に投げ込まれていた。

「あんときの下手人は、皆目目星が付かず、とうとう挙がらず終いだった」

神崎はじろりと俊六に目を向けた。

「おめえ、同じ下手人の仕業と思うのかえ？」

「いえ、そこまでは。……ただ、あのときも父親は似たようなことを申し立てていたようで。娘は年のわりにしっかりしていて、決して見知らぬ男についていくような真似はしねえ……と」

仙台堀は大川の川向こう、深川を流れる運河で、俊六の縄張りとは遠く離れている。しかし、当時江戸中の評判になった事件で、瓦版にも派手に書き立てられた。配下のご用聞きとして神崎から話を聞いたこともあり、およそのことは知っていた。

神崎は煙管を深く吸い込んで、ゆっくり煙を吐いた。

「ま、しかし子供のことだ。菓子やら人形やらで釣られたら、日頃の用心を忘れることもあろうさ」

「へい」

俊六は煙草盆の縁で煙管を軽く叩き、吸い殻を落とした。

益田屋は大伝馬町一丁目に間口十間（約一八メートル）の店を構える紙問屋だった。創業は元禄年間。百五十年以上の歴史を誇る老舗であり、同じ大伝馬町三丁目に店を構える大丸屋を別格とすれば、大伝馬町でも一、二を争う大店だろう。総格子の三階建てに黒塗りの櫛形窓、屋根は大伝馬町だけに許された銅葺きで、陽の光を受けて銅色に輝いている。店先には屋号を白く染め抜いた藍染めの大暖簾が掛かり、道行く人に威容を誇っていた。歌川広重の「東都名所　大伝馬町之図」にも描かれたほどだ。

真吉はその益田屋の奥座敷で、女主人おつなの診察をしていた。

手首を取って脈拍を診て、脇や首の付け根を触診し、胸に聴診器を当てる。診療所で毎日大勢の患者を診ているだけに、一連の動作は非常に手慣れていてよどみがない。三枚重ねの豪奢な布団に仰臥するおつなは、いくらか上気していた。

「では、舌を診せて下さい」

真吉は聴診器を外して言った。

西本芳齋に引き取られてから、益田屋を訪れるのは今日が初めてではない。三年前、主人の徳右衛門が病に倒れたときは、芳齋の助手として何度か往診に同行した。必死の手当ての甲斐もなく、徳右衛門は帰らぬ人となってしまったが。

益田屋には跡を継ぐ子がいなかったので、身代はそっくりおつなが受け継いだ。おつなは元は柳橋の売れっ子芸者で、徳右衛門が五十近くなってから座敷で見初め、落籍して女房にした。年もうんと離れていたから、まだ三十九になったばかりだ。柳橋一と謳われた美貌は衰えるどころか、大店の内儀の貫禄を得ていよいよ艶を増し、豊満な肉体は女盛りの爛熟を見せ、むせ返るほど濃密な色香を放っていた。

つまり、至って健康に見えるのだが、去年の秋からこの方、おつなは「夜中に急に、胸が締め付けられるように苦しくなる」と訴えて、真吉は何度も往診を頼まれていた。

「お内儀さん、見たところ、何処も悪いところはないようです」

しかし、おつなはすがるような眼差しで真吉を見上げ、首を振った。

「でも、真吉、あたしは夜中に急に胸が苦しくなって、飛び起きたことが何度もあるんだよ」

「はい。でもそれは、身体に悪いところがあるからじゃありません。お内儀さんは大変お丈夫で、百までだって生きられますよ」

「それじゃ、どうして？」

「……多分、お気持ちのせいではないでしょうか」

真吉はあくまでも穏やかな口調で続けた。

「旦那さまがお亡くなりになってから、お内儀さんは女手一つで益田屋の身代を切り回しておいでです。人知れぬご苦労もおありでしょう。つまり、その気苦労が形を変えて身体に現れているのだと思います」

「なるほどねえ」

おつなは納得したように頷いた。

「もし、夜眠れないようでしたら、眠れる薬を処方いたします」

「それより……」

おつなはパッと起き上がると、真吉の胸に身を投げかけた。真吉はあわてて身を引こうとするが、おつなの両手が蛇のように首に巻き付いて離れない。真吉の困惑を楽しむように、おつなはうっすらと微笑んでいた。

「お内儀さん、人が来ます」

「誰も来やしないよ」

おつなは真吉の首筋に指先を這わせ、耳元で囁いた。

「おまえだってもう子供じゃない。あたしの気持ちは分かっているだろう?」

真吉は顔を背(そむ)け、おつなの唇を避けた。

「困ります」

「何が困ることがあるものか。おまえは独り身で、あたしは後家(ごけ)さ」

おつなはなおも真吉に身体を押しつけ、引きつけて放さない。

「私は亡くなった旦那さまには、ひとかたならぬご恩を受けた身です」

「それじゃ、旦那の供養(くよう)と思って抱いておくれ」

「無理を仰(おっしゃ)っては困ります」

「無理なものか。旦那は怒りゃしないさ。おまえをたいそう買ってたんだ」

「お内儀さん、どうか落ち着いて下さい」

真吉はやっとのことでおつなの腕を解(ほど)き、身を離した。しかし、おつなは少しも動じない。にんまりと微笑んで流し目をくれた。

「考え違いをしないでおくれ。あたしは何もおまえの出世を邪魔(じゃま)しようっていうんじゃない。往診にかこつけて、時々抱いてくれりゃそれで良いのさ」

おつなは真吉の膝に手を置いた。

「もちろん、無料(ただ)とは言わない。お礼はたっぷりはずむつもりだよ」

真吉はきっとしておつなを見た。切れ長の目が刃のような鋭い光を放っていた。おつなはハッとして手を退けた。

「お内儀さんは、私のことを男芸者とでも思っておいでなのですか？」

真吉の声がそれまでより低くなった。冷たい声音に軽蔑の響きがあり、不快そうに眉がひそめられている。それだけで、おつなは身も世もなく泣き出したい気持ちになった。

あり得ないことだった。これまで生きてきて、おつなは男の前で怯んだことなど一度もない。いつも意のままに操ってきた。惚れていようがいまいが、所詮男は同じだった。最後はおつなの魅力の前に屈し、夢中になってひれ伏すのだ。気が向けば適当に情けを掛けてやるが、やがて飽きがきて、ポイと捨てる……。そんなことの繰り返しで、いつしか男を舐めていた。

それなのに、真吉の前でおつなは無力だった。自分の魅力が通じない。芸者ならともかく、今では大伝馬町でも一、二を争う大店の内儀なのだ。十分すぎるほどの箔が付いている。それが触れなば落ちん素振りを見せれば、男ならとりあえず手を出したくなるはずだった。若くて元気な男なら尚更に。だが、真吉は歯牙に掛ける様子もない。経験豊富で色恋に長けているだけに、相手の心の裡もよく分かるのだ。

「まさか、そんなことを思うはずがないじゃないか……」

我知らず、おつなは涙ぐんでいた。演技でなく涙が溢れたのは子供の頃以来だった。

「あたしはね、心底おまえに惚れているんだよ。おまえのことを思うと、それだけで身体中が熱くなって、胸が締め付けられるように苦しくなるんだ」

おつなは襦袢の袖口でそっと涙を拭いた。

「だけど、正直にそんなことを言えば、おまえは年増の深情けに怖気を振るって逃げ出すだろう。分かっているさ。おまえから見たら私はとっくに婆さんだ。言い寄られるのは迷惑だろうね」

冗談のつもりで口に出してから、おつなは不意に、自分が真吉の母親と同じ年であることに気が付いた。すると、脳天を殴られたような衝撃で全身がしびれ、続いて居たたまれぬほどの羞恥に襲われて、この場から逃げ出したくなった。真吉の目に自分の姿がどのように映っているか、そう考えただけで身を切られるような痛みが胸に走り、震え出しそうだった。こんな小娘のような気持ちになったことは、本物の小娘の頃にもなかった。

おつなは涙に濡れた顔を上げ、すがるような目で真吉を見た。

「だから、金ずくで抱いてほしいと頼んでいるんじゃないか。恥は承知の上さ。でも、金で片の付く話なら、おまえも気楽に受けられるだろう」

こみ上げる嗚咽を抑えながら、おつなは俯き、声を絞った。

「あたしは決しておまえの邪魔はしないよ。他に女を作ろうが、お内儀さんをもらおうがかまわない。おまえが別れたいと言えば、すっぱり別れるつもりさ。金輪際後は引かないから、安心しておくれ」

おつなはもう一度、真吉の膝に手を伸ばそうとして、途中で止めた。透明の壁に邪魔されたかのように、それ以上伸ばすことが出来なかった。

と、真吉は両手を伸ばし、おつなの手を取った。おつなは驚いて真吉の顔を見返した。不快の表情が消え、代わりに哀しみのようなものが彩っている。

「お内儀さん、ご厚情、真吉生涯忘れません」

真吉の瞳が潤んでいることに、おつなは声を失った。

「真吉……」

おつなの目から、新たな涙がハラハラとこぼれた。ああ、真吉はあたしのために涙ぐんでいる……。

だが、真吉は両手で包んだおつなの手を、やんわりと膝に押し戻した。

「でも、お内儀さん、どうか分かって下さい。私の身体は、もはや私一人のものではないのです」

「どういうことだい？」

「私の身体は医学の、そして怪我（けが）や病に苦しむ患者たちのものなのです」

　おつなはわけが分からず、ぱちぱちと目を瞬（しばたた）いた。

「我が国の医学は、西洋に比べておよそ三十年後（おく）れております。一刻も早くこの後れを取り戻し、一人でも多くの命を救うことが、医学に携（たずさ）わる者の使命です」

　真吉は居ずまいを正し、真剣な表情で前を見ていた。その気迫に押されて、おつなは口を挟むことが出来なかった。

「長屋で生まれ、幼くして父を失った私が医学の道に進むことが出来たのは、女手一つで育ててくれた母、亡くなった旦那さま、弟子（でし）に取り立てて下さった芳齋先生始め、多くの人たちの善意に恵まれたからです。その善意が他の誰かではなく、この私に寄せられたのは、まさに天の思（おぼ）し召（め）しだと思うのです」

　話がとんでもない方向にいってしまい、おつなは呆気（あっけ）にとられた。

「つまり、天命です。私は日本の医学を進歩させ、これまで救えなかった多くの命を救う使命を、天から与えられたのです。私はそのために選ばれ、この世に生まれてきたのです。この先、どのような困難が待ち受けていましょうとも、私は命に代えても天命を果たさねばなりません」

朗々と響く声と流れるような口跡は、聞いているだけで耳に心地よかった。口調は次第に熱を帯び、瞳は明るく輝いて、身体中から青白い炎が噴き上がるような勢いだ。

おつなは見惚れ、聞き惚れた。話の内容を納得したわけではなかったが、それでも真吉が崇高な何かを語り、それと真摯に向き合っていることだけは充分に伝わってきた。

「だから私は、全身全霊で医学の勉強に精進しなくてはなりません。まだ半人前の身で、恋など許されないのです」

恋という言葉が耳朶をくすぐり、おつなは危うく声を漏らしそうになった。

恋……。真吉はあたしに恋していると言っている……⁉

「お内儀さん」

真吉はじっとおつなの瞳を見つめ返した。

「お内儀さんは胸の裡を包み隠さず打ち明けて下さいました。私も嘘偽りは申しません。この身のすべては医学に捧げます。それ以外のものに心を動かされることは、金輪際ありません」

おつなは夢を見ているような気持ちで頷いた。他の男がこんな中途半端なことを言ったら承知しないだろうが、真吉は別格だった。

そうだ、やはり真吉は天に選ばれた人なんだ……。

その考えはまことにしっくりと腑に落ちた。だから、おつなはこれほどまでに惹かれてしまったのだ。柄にもなく、身も心も捧げ尽くしたいと思い詰めてしまったのだ。それはきっと、天もおつなが真吉にすべてを捧げるように望んでいるからかも知れない。

「よく分かったよ、真吉」

おつなは身仕舞いし、殊勝な顔つきになった。

「もう二度と、おまえを困らせるようなことは言わないからね。安心して、医者の修業に励んでおくれ」

「まことにありがとう存じます」

真吉は畳に手をつき、深々と頭を下げた。

「ただ、困ったことがあったら何でも言っておくれ。あたしはおまえのためなら、たとえこの益田屋の身代を傾けても、出来ることは何でもするつもりだよ」

おつなの居室を辞去して廊下に出ると、女中頭のおとみに声をかけられた。

「おや、先生、もうお帰りで？」

「ああ。お内儀さんは軽い気鬱で、薬を処方したからすぐ良くなる」

真吉が益田屋に奉公したのは二年と少しの間だが、おとみはその頃から女中頭をしていた。

「おとみさんは、何処か具合の悪いところはない？」

「あたしは丈夫が取り柄さ」

そして、つくづく感心したように真吉を眺めた。

「先生は忙しいだろう。身体は大丈夫かえ？」

「真吉で良いよ。俺も身体は丈夫だが、たまにおとみさん自慢の芋の煮っ転がしが食べたくなる」

「おや、まあ。嬉しいこと」

「来月、旦那さまの命日には線香を上げに寄らせてもらうよ」

「そうかえ。旦那さまもお喜びだろう」

真吉は別れを告げ、玄関に歩いた。益田屋に来ると番頭や手代、かつての丁稚仲間にも再会する。今では「真吉」と呼ぶのはおつな一人で、奉公人はみな「先生」と呼ぶが、真吉はいつも屈託なく、会えば誰とでも気軽に言葉を交わしていた。奉公に上がった最初から、誰の目から見ても頭の出来が違うのは明らかだったので、一人だけ飛び抜けた出世をしたことを羨む者はいなかった。むしろ、今も亡き主人の恩を忘れず、月命日に線香を上げに訪れる真吉の律儀を褒めていた。

西本芳齋の方針で、啓明塾には寺子屋が付属していた。公衆衛生普及のために始めたのだが、いざ蓋を開けてみると束脩（入学金）も謝儀（授業料）も無料だというので、近所の貧乏人の子供たちばかり集まってきた。貧乏人の集まる寺子屋に裕福な家は子供を通わせたがらないので、芳齋の目標は半ばしか達成されていない。もっとも考えようによっては、貧乏人の方が衛生状態が悪いので、その意味では成功といえるかも知れない。

しかし、どっちにしても啓明塾の秀才たちが交代で教えに来てくれているにしては、生徒の質は芳しくなかった。

その日は真吉が先生役だった。

二十畳の部屋に文机を並べ、五十人近い子供に漢文の素読をやらせていた。障子は外してあり、庭から部屋の中が丸見えだった。すでに四月半ばで気候が暖かいせいもあったが、休みの時間に子供が暴れ回って障子を破ることが続いたので、寒い季節以外は開け放しの吹きさらしなのだった。

　真吉が本から目を上げて庭に目を遣ると、女の子が立ってこちらをじっと見ていた。五、六歳で、見かけない顔だった。貧しい服装をしているが、顔立ちは利発そうだった。

　真吉はにっこり笑いかけ、手招きした。

「こんにちは。良かったら上がっておいで」

　女の子が嬉しそうに縁台でちびた下駄を脱ぐと、喜一という九歳の男の子が口をとがらせて言った。

「先生、邪魔だよ、こんなガキ」

「知ってる子か？」

「おいらの妹」

「じゃあ、仲良くしなくちゃダメじゃないか。こっちにおいで」

　女の子は得意そうな顔で真吉の隣にちょこんと座った。

「名前は？」

「おきみ」

「年は」

「六つ」

普通は男女とも六歳で寺入りしたが、義務教育ではないので家によりけりだった。

「おきみ、『実語教』は面白いか？」

「うん！」

「それじゃあ、兄ちゃんと一緒にここで学ぶと良い。喜一、今のところを最初から読んでごらん」

「はい」

喜一は渋々読み始めた。

「子、曰わく、山、高きが故に貴からず。樹、有るを以て貴しとなす……」

最初の行を何とか読んだが、すぐにつっかえてしまった。おきみはそれを見てフフンと鼻で笑っている。

「では、おきみ。続きを読めるかな？」

「はい！」

おきみはスラスラと朗読した。字を知っているのではなく、素読を聞いて覚えてしまったらしい。

「よろしい。良く出来た」

おきみは本を置いて嬉しそうに笑った。

「門前の小僧習わぬ経を読むと言うが、おきみは筋が良い」

　おきみは得意満面で、面目丸つぶれの喜一はブスッとしている。

「どうやら喜一、おまえが妹に面倒をみてもらうことになりそうだな」

　子供たちはどっと笑い、喜一は苦虫をかみつぶしたように顔をしかめた。

　その日の授業が終わり、子供たちはそれぞれ帰り始めた。おさきは文机を拭き、片付けにかかっている。

　真吉は喜一の背中をポンと叩いた。

「どうした、機嫌が悪いな」

「だって……」

　喜一はまだ不満そうに口をとがらせている。

「人にはそれぞれ向き不向きがある。おまえは肝が太くて腕っ節が強いから、みんなに頼りにされている。ただ、手習いには向いてない。それだけのことだ」

　喜一は疑わしそうに真吉を見た。

「先生は、苦手があるのかい？」

「喧嘩が苦手だ。誰かに喧嘩を売られたら、おまえに加勢を頼むが、良いか？」

「ああ、まかしとけよ！」

喜一は、にっと笑って元気な声で答えた。すっかり機嫌は直ったらしい。そのまま真吉とおさきに挨拶して、部屋から飛び出していった。

おさきは手を止めて、真吉の方を見た。

「これからもあの子の妹に、手ほどきしてやるの？」

「通ってくればね。なかなか利発で見所のある子だよ。それに素直で可愛いし」

「あの子たちの家は棒手振の八百屋でしょう。『実語教』なんか教えたって、宝の持ち腐れじゃないかしら」

おさきは口にこそ出さないが、常日頃からこの寺子屋のことを「猫に小判」だと思っていた。真吉のような優秀な塾生が、子供たちに初歩の手習いを教えて時間を取られるのを、苦々しく思っているのだ。

「そうとも限らないよ。いずれ、紫式部か清少納言になるかも知れない」

おさきは呆れてつい笑ってしまった。

「真吉さんて、苦労してるのに世間知らずよねえ」

「おさきさんは若いのに、年寄り臭いことばかり言う」

おさきは、いーっと顔をしかめてみせた。真吉も負けずに顔をひん曲げてみせた。

二人は同時にぷっと吹き出し、声を立てて笑い合った。

柱の陰に隠れて廊下の隅から二人の様子を盗み見ていた多代が、唇を嚙み、踵を返して逃げるようにその場を離れた。

「ほんとに驚いたよ。前島の殿さまも、西本芳齋先生の若いお弟子さんは大した腕前だと、しきりに感心しておいでだった。それがおまえさんの倅さんとはねえ……」

おせいは恐縮してさっきから頭を下げっぱなしだ。うめ川から急な注文で、女将の絽の裾模様を仕立てて届けに来た。すると、女中頭が応対しているところへ女将まで姿を現して、いきなり真吉のことを褒めあげるではないか。

前島の殿さまというのはうめ川の上客の一人で、二千石の大身旗本だという。正月に子息が騎馬で外出した際、道の脇に立てかけてあった材木が崩れ、馬から放り出された。子息は腕をねじって強打してしまったが、たまたま近くを通り掛かった真吉が応急措置をほどこし、供の者に適切な指示をしてくれたので、大事に至らず回復したと、たいそう感激していたようだ。

「まったく、吉原の花魁に鼻毛を抜かれてるうちのバカ息子に、爪の垢でも煎じて飲ませてやりたいよ」

「そんな、もったいないことでございます」

おせいはまたもや頭を下げたが、女将は仕立て上がった夏の晴れ着を肩に当ててご満悦だ。五十に手が届こうという年齢だが、一流の船宿を仕切ってきた自信と気合いのせいか、肌に張りがあって年よりずっと若々しい。

「よくお似合いですよ、女将さん」

女中頭の言葉に、笑みがさらに広がった。

「川開きの日に着ようと思ってね。花火の柄だから、丁度良いだろう?」

女将は着物を女中頭に渡すと、再びおせいに目を向けた。

「今度、倅さんはいつお戻りだえ?」

「さあ、それが……。先月の終わりに一度帰ってきたのですが、次の休みがいつになるのか」

「忙しいんだろうねえ。何しろ芳斎先生は江戸一番のお医者様だ」

女将は帯の間から紙入れを取り出すと、小粒(こつぶ)を懐紙(かいし)に包んで差し出した。

「倅さんが戻ったら鰻(うなぎ)でもおごると良い」

「女将さん、そんな……」

おせいはあわてて断ろうとしたが、女将はかまわず紙包みを握らせた。

「気持ちばかりさ。遠慮するほど入っちゃいないよ」

「ありがたく、頂戴いたします」

おせいはもう一度頭を下げて、仕立代よりずっと多額の祝儀を押し頂いた。

江戸の夜は暗い。闇を照らすものは天に月と星、地にはせいぜい辻行灯があるばかりだ。しかも行灯の光は弱く、道しるべの役を果たすのがやっとだった。月のない晩はまさしく真っ暗闇で、提灯がなければとても表を歩けない。

橘町にある「志乃や」という茶屋は、表向き茶屋の看板を掛けているだけの売春宿で、茶汲み女という名目で雇われている女たちは私娼だった。

女たちは全員通いで、看板になると店を出て家に帰った。

おこまという名のその女は、浜町川に架かる千鳥橋を渡って西へ歩いた。住まいは堺町の長屋で、その辺りは小さな仕舞屋と裏長屋の建て込んだごみごみした町だ。店から歩いて四半刻（約三十分）の半分ほどで帰り着く。提灯を持っていなかったが月の明るい夜で、通い慣れた道でもあったから、不安は感じなかった。

新大坂町と田所町の十字路を左へ折れ、長谷川町に沿って新和泉町北側の手前で右に折れる。その道の半ばに三光稲荷という神社がある。おこまは毎日店への行き帰り、ちょっと寄って拝むことにしていた。決して恵まれた生まれ育ちではないが、二十五のこの年まで大病もせず、あまりひどい目にも遭わずに生きてこられたのは、神仏の加護ではないかと思うからだ。

おこまはいつものようにさして広くもない境内(けいだい)の中を進み、祠(ほこら)の前で立ち止まって手を合わせた。さっと拝んで顔を上げ、くるりと背を向けて元の道に戻ろうとした、その時だった。

玉垣(たまがき)の内側に生えた灌木(かんぼく)の陰から男が飛び出した。物音に驚き、振り返ろうとしたが遅かった。男は背後から首に腕をかけ、一気に締め上げた。おこまはひと言も発する暇もなく、ぐったりと全身の力を失った。やっと息を吹き返したときは、馬乗りになった黒い影に絞め殺される途中だった。

次の日の朝早く、三光稲荷へお参りにやってきた近所の年寄りが、祠の前に転がっているおこまの死体を見つけ、腰を抜かしそうになった。悲鳴を聞きつけた住人が寝ぼけ眼(まなこ)でやってきて、たちまち大騒ぎになった。

知らせを受けて堀留の俊六が駆けつけた。住まいの堀留町から三光稲荷まで五町(約五四五メートル)と離れていない。わずかの間に二度も縄張り内で殺しが行われた。伊勢町堀の少女殺しも、まだ下手人の目星さえ付いていないというのに。傍目には冷静を装いながらも、胸には激しい怒りと悔しさがこみ上げていた。

　おこまの死体は境内から外に運び出されて、筵がかけてある。俊六は手下に命じて野次馬を遠ざけ、町役人を呼んだ。

　寺社内で起きた事件は寺社奉行の管轄であり、本来ならば捜索や捕り物も寺社奉行の配下によって行われるのが決まりだった。しかし、三光稲荷は町人地にぽつんと離れ小島のようにある小さな社で、殺された女も寺社とはまったく無縁の町人だった。このような場合は敷地内ではなく「門前」で起こった事件として、町方に任せてしまうことも珍しくはなかった。

「女の身元は？」

「おこまと申します。堺町の裏長屋に一人住まいで、茶屋勤めをしておりました」

　青い顔をしている町役人が答えた。

「店の名は？」

「……あいすいません。長屋の者に聞けば分かるかと思いますが」

　俊六は死体を検めた。この場所で殺されたのは明らかだった。時刻は夜半頃と思われた。首には絞めた指の痕がくっきりと残っている。着物がはだけて胸も太腿もすっかり露わになり、陵辱の痕跡が明らかだった。

検死を終えた頃、手下に案内されて神崎兵庫が現れた。

「伊勢町堀で子供が殺されたと思ったら、今度は若え女か。ったく、世の中どうなっていやがる」

誰にともなく毒づいたが、死体を前にするとまず手を合わせた。

「伊勢町堀の下手人と、同じ奴かの？」

およその検分を終えると、じろりと俊六を見た。

「まだ、何とも。確かに手口は同じでござんすが……」

俊六は言葉を濁した。まだ何一つ手がかりを摑んでいない。行きずりの犯行か、顔見知りの者の仕業か、確かなことは何も分かっていないのだ。当て推量なら何とでも言えるが、お上の御用を預かる身で与太話をしても仕方がない。

「まずは、仏の身辺を洗ってみやす」

子供とは違い、茶屋勤めをしていた大人の女である。周囲には浅からぬ因縁のある者もいただろう。誰かの恨みを買っていたかも知れない。調べることは山積みだった。

「そうさな」

神崎も同じことを考えていたらしく、納得した顔で頷いた。

その三　散らされた花

その日の朝、西本芳齋は啓明塾の大広間に塾生たちを集めた。

時期が時期なので、塾生たちは種痘所について話があるのだろうと予想していた。伊東玄朴、大槻俊斎ら蘭方医八十二人が協同で出資した、種痘の普及と西洋医学の講習を目的とした施設である。近々幕府の認可が下りるのは確実で、そうしたら来月早々にも神田お玉ヶ池で開設する運びになっていた。

芳齋は床の間を背にして座り、傍らには塾頭の北川順平が控えた。芳齋は無言で、ゆっくりと若者たちの顔を見回した。師の様子から重大な発表があることは自ずと伝わってきて、塾生たちは緊張の面持ちで芳齋の言葉を待った。

「朝からみなに集まってもらったのは他でもない。諸君も長崎の海軍伝習所のことは聞き及んでおろう」

一同は黙って頷いた。

長崎海軍伝習所はオランダの海軍技術を学ぶために幕府が開いた伝習所だが、医学と語学の伝習所も併設していた。オランダ軍医官ポンペの指導する医学伝習所は日本における近代西洋医学教育の嚆矢であり、最先端の医学を学べる場所だった。

「この度、我が啓明塾からも塾生を海軍伝習所に留学させ、ポンペ先生の下で研鑽を積ませることと相成った」

塾生の間からどよめきが起こった。長崎の伝習所で最新の医学知識を学んでくれば、日本有数の蘭方医のお墨付きをもらったも同然だ。種痘所などとは比べものにならない。

その憧れの長崎行き道中手形を手に入れるのは誰か、みな固唾を呑んで成り行きを見守っていた。

「この名誉ある第一回の留学生は、真吉とする」

塾生たちがハッと息を呑む気配が、さざ波のように広がった。一同の遠慮がちな視線が北川順平に向けられた。誰も真吉の学識と技量が並外れていることは認めるにしても、塾頭は順平なのだ。それをさしおいて真吉とは……。

真吉もいくぶん青ざめ、戸惑いを隠せない様子だ。

だが、順平はいつもの柔和な表情を少しも崩さず、曇りのない笑みを浮かべて真吉を見た。

「真吉、おめでとう。啓明塾を代表して医学伝習所へ行く者は、おまえを措いて他にない」

「順平先生……」

順平は膝をすすめて真吉の手を取り、両掌で柔らかく包み込んだ。

真吉は恐懼し、ただ畏れ入るばかりだ。

順平は正面に向き直ると、表情を引き締めて一同の顔を見回した。

「先生のご決定に異を唱える者はおるまいな？　これは一人真吉の名誉ではなく、啓明塾の名誉を懸けた挑戦でもある。そして、日本の医学の未来が懸かっている。失敗は許されぬ。この重責を担える者は、真吉の他にない」

「順平、よくぞ言うてくれた」

芳齋は嬉しそうな顔で大きく頷いた。

「みなもよく聞け。今回の留学は最初であって最後ではない。真吉が最新の医学知識を身につけて江戸へ戻り、目覚ましい働きをすれば、蘭学の地位は一段と向上る。さすれば次は一人ではなく、二人、三人と長崎に留学させ、最新医学の習得にいっそうの充実を図るつもりだ。諸君の未来も、真吉の肩に掛かっておるのだぞ。しかと左様心得よ」

芳齋が暗に、今回の選に漏れたことで真吉を恨むな、真吉が伝習所で目覚ましい成績を上げれば、後進にはさらに大きな道が開けるのだから……と言ったのは、塾生仲間の嫉妬と妨害から守るためだった。旗本や御家人の子弟の中には、真吉の身分出自をことさらに蔑み、なおかつその抜群の知識と技量を妬んで、ことあるごとに嫌がらせを仕掛ける者たちがいることを、おさきと順平からの注進で、芳齋も知っていた。

「出発は七月の初め、期間は三年だ。真吉、心を新たにして、しっかり励めよ」

芳齋の言葉が終わるやいなや、真吉はその場に平伏した。

「あ、ありがとうございます！　身に余る名誉でございます！　芳齋先生、順平先生、ご厚情、お礼の申し上げようもございません。身命に代えましても、必ずやご期待に応えて参ります」

真吉は顔を上げた。喜びと興奮で頬はうっすらと上気し、瞳は明るく輝いていた。すでに長崎の太陽を仰ぎ見たかのように。

後ろの列に控えていた内海恭之介、佐原平四郎、膳場小弥太の三人は、そっと互いの顔を見交わした。祝福とはほど遠い、険悪な表情が浮かんでいた。

その日の午後、昼食が終わり、真吉が交代で診療所に向かおうとしたとき、内海ら三人に呼び止められた。

「話がある。顔を貸せ」

三人は真吉を取り囲むように立っている。否やはなかった。

連れていかれたのは、物干し場になっている裏庭である。竿には洗濯物がいっぱいに干されていて、その後ろに回ると、家の中から人影は見えない。

「この度の長崎行きは辞退いたせ」

ぐいと顎を突き出したのは三人の親玉格、恭之介だ。旗本五千石御書院番頭を務める家の四男である。つまり、兄三人が死にでもしなければ家督は継げないし、何処か養子の口が見つからなければ一生部屋住みで終わってしまう運命にある。啓明塾に入ったのも、医学を志したわけではなく、医者の肩書きを得て、とりあえず一家を構えるためだった。

平四郎と小弥太は二人とも小普請、つまり無役の御家人を父に持つ三男で、事情は恭之介と似たり寄ったりだ。

　そのせいか三人とも学問にも身が入らず、成績も振るわない。恭之介は子分二人を引き連れて頻繁に悪所通いをしていた。平四郎と小弥太が恭之介の言いなりなのは、無論遊ぶ金ほしさからだ。

「何故でございます？」

　真吉は静かに、しかしいささかも怯まずに尋ねた。

「下郎の分際で啓明塾の代表など、おこがましいわ」

「卑しい生まれだけあって、人に取り入るのはお手の物よの。芳斎先生のみならず、北川塾頭までたぶらかすとは」

「恥を知らぬ者は何でもしてのける」

　恭之介の尻馬に乗って、平四郎と小弥太も言いつのった。

　三人とも月代を狭くした流行りの講武所髷に、派手な装飾の講武所拵えの刀を差している。この刀はひときわ長いので落とし差しには出来ず、水平に差す。下げ緒は幕府から優秀者に交付された白紺打ち交ぜ……の模造品だった。何しろ、この三人は講武所とはまったく無縁なのだから。

　真吉が黙っているのを服従と見なし、恭之介は言った。

「下郎を代表で送ったとあっては啓明塾の名折れだ。即刻辞退いたせ」

「それは出来かねます」

あまりにもきっぱりと答えるので、三人とも一瞬呆気にとられた。

「これは先生がお決めになったことです」

「だから辞退しろと言っておるのだ」

「お断りします」

「何を⁉」

三人は怒りを露わにして真吉に詰め寄った。

「下郎が、思い上がるな！」

真吉は怯む様子もなく、三人の顔を等分に見た。

「私が医学を学ぶのは、私個人の身のためではありません。日本の医学の向上のため、一人でも多くの命を救うためです。私個人の事情で長崎行きを辞退したら、それは芳齋先生はもとより、医学そのものを裏切ることになります」

「では、俺たちは私利私欲のために学んでいるというのかッ⁉」

恭之介が怒りに顔を歪めて怒鳴った。

「無礼者！」

三人は一斉に真吉に殴りかかった。拳を避けようとした真吉は襟首を摑まれ、地面に引き倒された。今度は蹴りつけてきた。真吉は地面を転がって巧みに急所を避けながら、ほとんど無抵抗で三人に足蹴にされた。

「やめて！　おやめ下さい！」

鋭い声に、三人は後ろを振り返った。物干し台の横におさきが立っていた。

平四郎と小弥太はばつの悪そうな顔をして、急いでその場から立ち去った。恭之介も踵を返して行きかけたが、途中で立ち止まり、くるりと後ろを振り向いた。

「無礼があったゆえ打擲した。芳齋先生に告げ口したくば、するが良い」

おさきを睨み、下卑た好色な表情になってせせら笑うと、肩をそびやかすようにして歩み去った。

「真吉さん！」

おさきは真吉に駆け寄った。洗濯物を取り込もうと物干し場に来て、三人の所業を目撃したのだった。

「大丈夫？」

おさきが手を貸すより早く真吉は起き上がり、着物についた泥を払っている。

「ああ、何とか」

「ひどい、侍のくせに。三人で寄ってたかって……」

おさきの声は怒りで震えていた。

「芳齋先生には黙っててくれ」

「どうして？」

おさきはきっとして真吉を見た。

「あんな連中をかばい立てするつもり？」

おさきは以前から恭之介たちを快く思っていなかった。学問に対する熱心さに欠けていたし、徒党を組んで真吉に嫌がらせを仕掛けるに至っては、男の風上にも女の風下にも置けないと、何度も口にしていた。

「かばうつもりはないよ。だけど、俺は七月で江戸を離れる。長崎行きの前にゴタゴタを起こしたくないんだ」

おさきは不承不承に頷いた。それでも、まだ腹の虫が治まらず、つい不満が口を飛び出した。

「先生も先生だわ。どうして厳しくお叱りにならないのかしら。今だってお荷物なのに、この先どんな厄介ごとの種になるか、知れやしない」

「それは先生だって先刻ご承知さ。だけど、世の中の情勢を天秤に掛ければ、内海恭之介も捨てたもんじゃない」

「どういうこと？」

「家門さ」

「え？」

「内海恭之介の父親は直参五千石の御書院番頭。御番方の中でも一、二を争う要職だ。先生は常々、長らく漢方医が独占してきた御殿医の職に、蘭方内科医を登用させたいと望んでおられる。それなら、御書院番頭の息子が蘭方医学の勉強をしているのは、もっけの幸いだろう」

「そうかもしれないけど……」

　おさきはまだ納得出来ずにいた。

「どう考えても変よ。親が身分の高い侍なら、息子がどんな横暴をしてもお咎めなしだなんて。そんなの間違ってるわ」

　きっぱり言うと、おさきは袂から手拭いを取り出し、真吉の着物の背についた泥を払った。

「でも、真吉さんの言った通りになったわね」

「え？」

「風に乗って良い便りが届いたじゃないの」

真吉は思わず口元をほころばせた。

「そのうち、おさきさんにもきっと届くよ」

「だと良いけど」

おさきは手拭いをぱっぱと叩いて泥を落とした。


蚊帳売りの声を遠くに聞きながら、おせいは忙しく針を動かしていた。早い所では三月の終わりから蚊が出てくる。長屋は路地の中央に溝が切ってあって下水が流れるから、ボウフラの巣窟になる。蚊帳無しでは過ごせない。

四月も終わりに近づいて、五月が目の前だった。四月の更衣で着物は綿入れから袷に替わるのだが、五月の端午の節句が終わると、今度は八月の終わりまで帷子（単衣）を着ることになる。

おせいが今縫っているのは真吉の帷子だった。幸い今日は急ぎの注文がないので、新しい着物を仕立てて、五月に入る前に届けてやりたかった。昨夜から掛かっているので、もうすぐ縫い終わる。

不意に入口の腰板障子が開いた。

「ただいま！」

「真吉……！」

おせいはあわてて針を針山に戻し、立ち上がった。

「お帰り」

何の前触れもなかったので驚いたが、それを押し流す勢いで喜びが溢れ出した。

「びっくりしたろう。先生のお使いで近くまで来たから、寄ったんだ」

「そうかえ」

真吉は履き物を脱いで上がり込み、胡座をかいた。

「お腹空いてないかえ？　キンピラがあるよ。そうだ、炒り卵でも作ろうか？」

「良いよ。帰ったらすぐ夕飯だから」

「ああ、お得意様からいただいた羊羹がある。今、お茶を淹れるからね」

おせいは茶簞笥を開けて羊羹を取り出した。昨日、仕立物を届けた大店で、お内儀が土産にくれた物だ。その店でも隠居が芳齋の診療を受けているとかで、真吉のことが評判になっていた。

「おっ母さん、お茶なんか後で良いから、座っておくれ。良い知らせがあるんだ」

おせいは急須に伸ばした手を引っ込め、真吉の方を向いて座り直した。いつも芳齋の下から戻ってくる度に、嬉々として啓明塾での生活を語るのだが、今日は常にも増して浮き立って、高揚しているのが伝わってきた。

「何だえ、良い知らせとは？」

「俺、長崎に行くことになった」

「えっ？」

「長崎の海軍伝習所だよ。芳齋先生の推薦で、啓明塾からただ一人、伝習生に選ばれた。ポンペ先生の下で、最新の医学を学べるんだ。俺にも、塾にも、大層な誉だよ」

「それは、いつ？」

「七月の初めだってさ。詳しい日取りは分かり次第知らせるよ」

　おせいは上手く気持ちをとりまとめることが出来ず、ただ曖昧に頷いた。真吉は長崎に行くという。箱根より西に行ったことのないおせいには、月へ行くのと同じことだ。そして、今よりもっと勉強して、もっと偉くなるのだろう。それは真吉のためにはまことに喜ばしいことには違いない。でも、そうしたら、真吉は今よりもっと遠くへ、手の届かない所へ行ってしまうような気がする……。

　だが、目の前の真吉の様子を見れば、喜びに水を差すようなことは言えなかった。おせいは無理に明るい声を出した。

「そうかえ。それは良かったねえ」

「うんと勉強して、立派な医者になって帰ってくるよ」

「その……長崎の勉強は、どのくらい掛かるんだい？」

「三年」

おせいは、身体の何処かに穴が開いたような気がした。

「それじゃあ、この先、三年も会えないいんだね」

どうしようもなく声が沈み、涙が溢れそうになった。それを見て、真吉は子供をあやすような口調で言った。

「バカだなあ。三年なんて、あっという間さ」

おせいは小さく頷き、指先で目尻に溜まった涙を拭った。

「長崎から帰ってきたら、俺はもう押しも押されもしない、江戸でも指折りの蘭方医だ。部屋住み生活ともおさらばだ。また、おっ母さんと一緒に暮らせるんだよ」

真吉の目は将来への希望に明るく輝いて、一点の曇りもない。自分の歩く道はいつも太陽と月が照らしてくれて、翳ることなどあり得ないと信じているかのように。

「ねえ、おっ母さん。これまではずっと苦労の掛け通しだったけど、これからは俺がうんと孝行するからね。長生きしておくれよ」

真吉は膝を進めておせいの顔を覗き込むようにした。おせいは涙を引っ込めて顔を上げ、真っ直ぐに真吉を見た。

「おまえが丈夫に育ってくれて、おっ母さんはそれだけでもう充分幸せだよ」

夫の幸吉が亡くなったとき、真吉はわずか三歳だった。身体が弱く、冬でも夏でも熱を出した。おせいは真吉が寝込む度に、枕元に座って看病しながら、亡き夫に祈ったものだ。

おまえさん、どうか真吉を連れていかないで。この子を守って、無事に大きくしてやって下さい。真吉が一人前に育ったら、あたしはいつ死んでも本望です。どうか、どうか真吉を守ってやって下さい……。

「それが、今じゃこんなに立派になって……」

目の前の真吉は、親の目から見ても惚れ惚れするような若者だった。美貌だけなら他にも似たような者がいるだろうが、その美貌さえ凌駕する何かが内側から溢れ出し、全身を覆っている。おせいの目にはそれが蘭学と医学の精と映った。命懸けで知と仁の道を征く者だけが踏み込むことの出来る領域に、息子は若くしてたどり着いたのだ。それなら、母親といえどもその道を妨げることは許されない……。

「きっと、死んだお父っつぁんのお陰だね。おっ母さんはもう、いつお迎えが来ても本望だ」

「縁起でもないことを言うなよ」

真吉が真顔でたしなめた。

「おっ母さんはこの世にたった一人なんだ。いつまでも元気で、長生きしてくれなくちゃ」

それから真吉は厚切りの羊羹をぱくりと食べ、おせいの淹れたお茶をお代わりした。

ほんのわずかの間だが、家でおせいと二人でいるうちに、真吉は入ってきたときよりずっとのんびりした顔つきに変わっていた。

息子が啓明塾で気疲れする日々を過ごしていることを思い遣り、おせいは大急ぎで帷子を仕上げた。

真吉が長屋を出ると、おせいも風呂敷包みを抱え、一緒に出た。

「良いよ、わざわざ送らなくても」

「そこまでだよ」

二人は井戸端にたむろしているおかみさんたちに頭を下げ、木戸を抜けた。

竪川沿いの道を西へ行くと六間堀がある。松井橋を渡ってさらに三町（約三二七メートル）ほど行けば一ツ目之橋で、それを渡れば元町に出る。両国橋は目と鼻の先だ。

真吉は歩みをゆるめ、傍らのおせいに顔を向けた。

「もう、この辺で……」

「もう少し」

「近頃何かと物騒じゃないか。暗くならないうちに戻った方が良い」

「こんな婆さんを襲う物好きがいるものかね」

「闇夜じゃ年も分かるまい」

「この子は！」

二人は笑い声を上げたが、おせいはふと途中で笑いを引っ込めた。

「前にうちの向かいに住んでいた、おみッちゃんを覚えているかえ？」

「何処の？」

「今の長屋の向かいだよ。おまえも一度会ったことがあるだろう？」

「……ああ、大水の後、おっ母さんが引っ越して間もない頃だろう？　俺がうちに帰ったとき、遊びに来てた……」

「今月の初めに伊勢町堀で殺された子供が、おみッちゃんなんだよ」

真吉は暗然たる表情になった。

「可哀想に……」

「あたしも人から聞いて、魂消たよ」

二人はその場に立ち止まっていた。

「あの頃、母親のおさとさんは料理屋に通いで奉公していて、夜は遅くまで帰れない。あたしはずっと家だから、一緒に夕ご飯を食べさしたり、ついお節介を焼いてしまってね」

娘のいないおせいは、男の子とは違った女の子の可愛さに心癒された。

おみちもまた、おせいに懐いて慕ってくれた。しかし、それから一年もしないうちにおさとは後添いの話が決まって、おみちを連れて引っ越していった。

「短い付き合いだったけど、赤の他人とも思えない。あんな良い子がわずか七つで殺されちまうなんて、神も仏もないものかと思うよ」

おみちは行儀が良くておとなしいが、芯の強い子だった。そして、母親似の美しさを受け継いでいた。それがまだ蕾のうちに無惨に散らされたことを思うと、あまりの哀れさに胸が痛んだ。

「子供を殺された親なんて、半分一緒に殺されたようなもんさ。人づてに聞いた話じゃ、おさとさんはあれから寝ついちまって、毎日泣き暮らしてるそうだ」

「惨い話だ……」

真吉は苦々しげに眉をひそめた。

「早く下手人が捕まると良いのに」

「下手人がお縄になったところで、死んだ子供が生き返るわけでもないからね」

おせいはしみじみと言って、深い溜息を吐いた。


その翌日の夕刻のことだ。

堀留の俊六は富沢町の自身番に立ち寄っていた。

毎日縄張りうちの自身番に顔を出し、こまめに話を聞く。拾い集めた小さな話を縒り合わせ、網を作って広げておく。事件が起きれば、必ず何かがその網に引っかかる。その地道な努力が俊六を〝捕り物名人〟と呼ばれる腕利きに育てたのだ。

三光稲荷で殺されたおこまに関しては、商売柄関わりのあった男たちの情報がどっさり集まってきた。反対に、伊勢町堀で殺されたおみちに関しては、手がかりになるような話は何一つ聞こえてこなかった。近所で不審な男が立ち回っていた様子もなく、女の子がいたずらされるような事件も起こっていなかった。

俊六が一段高くなった座敷に腰掛けて、煙草盆を引き寄せたとき、入口の腰板障子が開いた。

入ってきたのは十二、三歳かと思える少女だった。髪型や着物からごく普通の町家の子供と分かるが、目は吊り上がり口元は引き攣って、一見して尋常な顔つきではなかった。

「おめえは？」

俊六が問いかけるのと同時に、自身番に詰めていた町役人が声を掛けた。

「おはな坊じゃないか。どうした、今時分？」

少女は何か言おうとしたが、上手く言葉が出ない様子だ。

「市助の娘のおはなでございます。二人姉妹の姉で、おみちの義理の姉になります」

町役人が口添えした。

「こう、こっちへお座り。すまねえが、この子に水をやっておくんなさい」

俊六は少女に優しく言ってから、町役人を振り返った。

少女は俊六の隣に腰を掛け、差し出された茶碗を受け取ると、一息に水を飲み干した。そして、やっと人心地がついたのか、大きく息を吐き出した。

「おはなちゃんか？　怖え顔して、どうしたえ？」

おはなは肩越しに俊六をふり仰ぐと、思い詰めた顔で言った。

「あたい、お父っつぁんを、殺した」

俊六も町役人も、一瞬おはなの言葉の意味を解しかねた。その内容が腑に落ちると、愕然として問い返した。

「何だって？」

おはなは茶碗を握りしめ、おうむ返しに繰り返した。

「あたい、お父っつぁんを殺した」

俊六は無理に自分を落ち着かせて、出来るだけ穏やかな声で尋ねた。

「おめえ、自分の父親を殺したと、そう言うのかえ？」

おはなは無言で頷いた。

「そんな、バカな……」

かえって町役人が狼狽えていた。俊六は町役人を見て、厳しく目で制した。

「それはまた、ぜんたい、どういうわけでえ？」

おはなは下を向いた。何かに押しつぶされそうになっているような姿だった。

「おはなちゃんよ、おじさんにゃおめえがそんな大それたことをするような子には、とても見えねえ。しかし、わざわざ自身番に出向いてこんなことを訴えるからには、嘘や冗談ではなさそうだ」

俊六はあくまでも優しく、いたわるように先を続けた。

「これにはきっと、深い事情があるんだろう。その事情を、おじさんに聞かせてくんねえ」

おはなはまだ下を向いたままだ。茶碗を握る指が、かすかに震えている。俊六は町役人に顔を向けた。

「ちょっと使いを頼まれておくんなさい」

「何でございましょう？」

「この子に、白玉を誂えてきてもらいてえんで」

町役人はホッとしたような顔で頷いた。

「ただ今、すぐに」

「ゆっくりでけっこう。ああ、ついでに稲荷寿司も誂えてもらいやしょうか」

町役人が出ていくと、俊六はもう一度おはなに顔を向けた。

「水をもう一杯飲むか？」

おはなは首を振った。

「今、白玉と稲荷寿司を買いにやったから、ここはおじさんとおめえの二人だけだ。どうだ、何があったか、聞かせちゃくれねえか？」

おはなはじっと俊六の顔を見つめていたが、やっと決心がついたのか、重い口を開いた。

「お父っつぁんが、おゆきに……妹に……だから、あたい……」

蚊の鳴くような声で話し出したが、すぐに口ごもった。俊六は慎重に、こんぐらがっている話の糸口を探そうとした。

「おゆきちゃんはいくつでえ？」

「……六つ」

「六つか。おめえには義理の妹になるおみち、あの子は七つだったたっけな？」

おはなはこくんと頷いた。

「可哀想になあ。こんなことになって、おめえもさぞや驚いたろう。……おっと、忘れるところだった。おはなちゃんは今、いくつだえ？」

「十二」

「そうか。おめえもわずか十二で、恐ろしい目に遭ったなあ」

俊六は義理の妹が殺されたことを意味したのだが、またしてもおはなの顔が引き攣った。

「あたいは我慢した……ずっと。でも、おみちは我慢できなかった。……だけど、おゆきまであんな目に遭わせたくないッ！　だから、だからあたい、お父っつぁんを刺したッ！」

最後の方は喉が張り裂けそうな叫び声になった。おはなは両手に顔を埋めてわっと泣き出した。

俊六は頭の中でおはなの言葉を寄せ木細工のように組み合わせた。そうして見えてきた真相の絵図は、反吐が出るほど醜悪でおぞましかった。腹の底から怒りがこみ上げて、脳天を突き上げた。

「可哀想にな。さぞ辛かったろう。だが、もう大丈夫だ。安心しねえ」

俊六はおはなの背中を撫で、そう繰り返した。他に出来ることを思いつかなかった。

やがて町役人が戻ってくると、声を低くして頼み込んだ。

「町役さん、この子は病気です。申し訳ないが、一晩お宅で預かっちゃもらえませんか？」

「おやすいご用ですよ。何があったかは存じませんが、おはな坊は親孝行で妹思いの、それは健気な子でございます」

俊六は自身番を出ると、手下の幹太を連れて市助の家へ向かった。

富沢町は古着屋が軒を連ねている。暮れ六ツ（午後六時）が近いので、ほとんどの店は店仕舞いをしていた。その中で、まだ表戸を開けている一軒が市助の店だった。ごくありふれた店構えで、奥が住居になっている。

中に踏み込んで、薄暗い部屋の中の光景に息を呑んだ。

座敷の奥に、市助がうつぶせで倒れていた。背中には出刃が突き立っている。そして市助の身体の下からは、小さな手足が覗いていた。

「てめえ……！」

俊六は市助の襟首を掴んで引き起こし、畳に投げ出した。はだけた裾から、下帯を外した下半身がむき出しになった。

「この……けだものが！」

思わず吐き捨てて、死体の下敷きになっていた少女に目を戻した。そっと首筋に触れると、脈がある。そして、見たところまだ陵辱されてはいなかった。

「おゆきちゃん！　しっかりしろ、おゆきちゃん！」

小さな身体を抱き上げて軽く揺すった。おゆきはフウッと息を吐き、うっすらと目を開けた。

「怖かったろう。もう大丈夫だ」

おゆきはしばらくはぼんやりしていて、自分が何処にいるのか、何が起こったのか、分からないようだった。しかし、徐々に正気を取り戻すと、くしゃくしゃと顔を歪めて泣き出した。

「大丈夫だ、もう大丈夫だ」

俊六はおゆきの背中を撫でながら、呪文のように繰り返した。


その夜、自身番に駆けつけた神崎兵庫に、俊六はこれまでの経過を説明した。

「……そんなことが」

日頃は剛胆な神崎も、あまりに陰惨な内容に青ざめた。

おはなが父親に陵辱されたのは二年前、母親が流行病で亡くなって半年が過ぎたときだった。子供心にそれがいかにおぞましく、恥ずべきことかを感じていた。

おはなは誰にも相談できず、三月に一度ほど襲いかかる暴力に耐えるしかなかった。

　幸いにも翌年、市助は後添えをもらった。おはなはこれで地獄から抜け出せると人知れず安堵した。しかし、継母の連れ子である幼いおみちをひと目見て、おはなは父親の狙いがおみちであることに勘づいた。

　おみちは人懐こくて可愛い子で、血は繋がっていなくとも妹だった。父親の毒牙に掛けるのは何としても忍びなかった。何とかして守ってやりたいと思った。だからなるべく外で遊ぶようにし向け、市助と二人きりにならないように心がけた。

　今年に入っておはなは初潮を迎えた。すると、市助の関心がまったく失われたのが分かった。もはやおはなは性欲をかき立てる相手ではなくなったのだ。

　そんなら、そう長いことじゃない。あと五年もすれば、おみちもお父っつぁんに狙われるようなことはなくなる。それまで、あたいが気を付けて、何とか無事に……。

　おはなは健気に自分を励ました。

　ところが先月、おみちは日暮れてからも家に帰らなかった。市助とおさとは手分けして探し回ったが、結局おみちは見つからず、市助は夜更けて家に帰ってきた。

　そして翌朝、伊勢町堀に死体が浮かんだという知らせが来て……。

口にするのも恐ろしく、なるべく考えないようにしたけれど、おはなはおみちを殺したのは父親ではないかと疑っていた。

だって、お父っつぁんは、前からおみちを狙ってたんだもの……。

それからというもの、おさとは悲しみのあまり魂を抜かれたようになってしまった。二階の部屋で床に臥したきり、起き上がることも出来ずに泣き暮らしている。おはなは継母に代わって飯炊き、掃除、妹の世話を引き受けて働いた。

やがて市助は使い物にならなくなった古着でも打ち捨てるように、おさとを離縁して追い出してしまった。

家は再び市助とおはな、それにおゆきの父子三人になった。

そして、今日の夕方、買い物から帰ってきたら妹のおゆきの姿が見えない。奥の部屋からは押し殺したような悲鳴が聞こえる。

おはなは咄嗟に台所で出刃包丁を握り、奥の部屋へ飛び込んだ。妹にのしかかっている父親の背中が目に飛び込んできて、無我夢中で出刃包丁を突き立てた。

……お父っつぁんは、狂ってしまった。最初から、少しずつおかしくなって、おみちを殺したときに、すっかり狂ってしまったんだ。

しびれてぼんやりする頭の片隅を、そんな考えが通り過ぎたが、おはなにはもうそれを言葉に出して説明する気力も残っていなかった。

「可哀想に……。あんまり惨え話じゃねえか」

神崎は怖気を振り払うように、一度ぶるっと頭を振った。目が少し潤んでいた。

「旦那、おはなはまだ十二です。それに、妹を助けようとしてやったことです。お上のお慈悲をお願えいたしやす」

「あたぼうよ」

神崎は大きく鼻を啜った。

「十四までなら火付けをしたって死罪にはならねえ。ましておはなは実の父親から手込めにされてる。おまけにその父親は、罪もねえ子供を殺しやがった下手人だ。磔獄門でもおつりがくらあ」

俊六は深々と頭を下げた。

「どうぞよしなにお願え申しやす」

「お上も悪いようにはしねえはずだ。お上にもお慈悲はあらあ。町役とも相談して、しばらくはしかるべき所に預かってもらうことになろう。それから先の身の振り方は、もう少し落ち着いてから考えるさ」

「へい。あっしはとにかく、何とかあの娘が先々身の立つようにしてやりてえんで」

神崎は俊六の様子を見て、ふっと笑みを漏らした。

「どうした、堀留の親分？　女心を袖にする情なしと評判だが、子供にはずいぶんと甘えじゃねえか」

俊六は神妙な表情を崩さずに頷いた。

「子供は親を選べやせん。……哀れなもんでさ。どの親の下に生まれるかで、その子の一生は八割方決まっちまいますからね」

その口調にはしみじみとした感情がこもっていて、いつもの冷たく情に流されない〝捕り物名人〟とは別の男のようだった。

「三光稲荷の殺しも、あ奴の仕業と思うか？」

俊六はわずかに眉をひそめた。

「さあ、どんなもんでござんしょう……。あっしには女殺しと子供殺しは、別口のように思われやすが」

俊六はそこで一度言葉を切り、苦々しげに吐き捨てた。

「ま、いずれひっ捕えてみれば分りやしょう」

その四　身を滅ぼす恋

おせいが横網町のおとせの家を出たときは、宵の五ツ半（午後九時）に近かった。仕立物を届けた帰りに立ち寄って、真吉の話に花が咲き、夕飯を呼ばれてつい長っ尻になってしまった。いつものことだが、今夜は真吉の長崎行きの報告も兼ねていたから、いつまでたっても話が尽きなかった。

すでに辺りは真っ暗だ。あと半刻（約一時間）もすれば町木戸が閉まる。おせいは足を急がせた。

松坂町を抜けて相生町の通りに出て、二ツ目之橋に向かおうとしたその時、両国橋の方へ歩いていく女の後ろ姿を目の端にとらえた。思わず振り返ったのは、尋常ならざる気配を感じたからだろう。女はまるで糸の切れた操り人形のような、フラフラした頼りない足取りだった。

後ろ姿ではあったが、おせいは女に見覚えがあるような気がして、足を止めた。

そうしているうちにも女は元町を通り過ぎ、大川端へ近づいていく。

……おさとさん？

女が、殺されたおみちの母であると気が付いて、おせいは咄嗟にそのあとを追いかけた。

追いついたのは、おさとが両国橋の欄干から身を乗り出そうとした、その瞬間だった。

「……！」

おせいは後ろからおさとを抱きとめた。おさとは振りほどこうと身をもがく。背中の骨が抱きとめたおせいの胸に当たるほど、おさとは痩せていた。

「おさとさん！」

「……離して！」

「早まったことを！」

「離して！　死なせとくれ！」

おさとは抗ったが、痩せ衰えた身体にそれほどの力は残っていない。呆気なく力尽きて、おせいの腕の中でズルズルとくずおれてしまった。

「おさとさん、しっかりしておくれよ」

おせいもしゃがみ込んでおさとの肩を揺すった。

「あたしが……あたしが悪いんだ……！」

おさとはそのまま突っ伏して声を振り絞った。

「あたしのせいでおみちは殺されたんだ。あたしの目が節穴だったから、市助(いちすけ)の正体に気が付かなかったから、だからおみちは……！」

おせいは慟哭(どうこく)するおさとの背中を懸命に撫(な)でさすった。今は何を言っても耳に入らないだろう。気の済むまで泣かせてやるしかないのだと、おせいには分かっていた。

「おさとさん、気を確かに持って」

荒れ狂う思いを全部吐き出して、いくぶん落ち着きを取り戻したところで、おせいは話しかけた。

「自棄(やけ)を起こしちゃいけないよ。今のおまえさんの姿を見たら、おみッちゃんがどれほど悲しむか、考えてごらんな」

おせいは自分の言葉がおさとの耳に届いたのを確かめて、静かに先を続けた。

「おみッちゃんは母親思いの、優しい、良い子だった。きっと今頃は極楽で、阿弥陀様や観音様に可愛がってもらっているよ。そして、おまえさんのことを心配しているだろうね」

おせいはおさとを抱き起こした。

「あたしにも一人息子があるから、おまえさんの気持ちはよく分かる。きれい事は言いたくない。でもねえ、おさとさん。おみッちゃんは決しておっ母さんを恨んじゃいない。おっ母さんの身を案じている。これだけは確かだよ」

おさとがうな垂れていた顔をわずかに上げて、おせいを見た。おせいはその目を見返して、しっかりと頷いた。

「おまえさんがおみッちゃんの後を追って死んでしまったら、この先誰がおみッちゃんの菩提を弔ってやるんだえ？」

虚を衝かれたように、おさとが一瞬目を見開いた。

「この世で一番おみッちゃんを大事に思ってたのは、縁が深かったのは、おまえさんだ。おまえさんが死んだら、おみッちゃんとこの世をつなぐ縁も消えるんだよ。それはずいぶんと、寂しいことじゃないかえ」

おさとはこくりと頷いた。納得したかどうかは分からないが、もう大川へ飛び込もうという気持ちは失せたようだ。

「おさとさん、帰ろう」

おせいはおさとを助け起こした。市助と離縁になったことは噂で聞いたが、今の住まいまでは知らなかった。それで思いついた。

「良かったら今夜はうちにお泊まりな。勝手知ったる次郎兵衛店だ」

おさとの膝や尻についた泥を払ってやりながら、おせいはさばさばした口調に切り換えた。おさとは小さく頭を下げ、おとなしくおせいに従って常盤町三丁目へ向かって歩き始めた。

その日の午後、啓明塾では緊急手術が行われた。執刀するのは芳斎で、順平と真吉が助手についた。真吉は芳斎の動きを見て次に使う器具を選び出し、手渡しする。順平は第三の手となって芳斎の動きを補助する。三人の動きは流れるように滑らかで、一糸の乱れも見せず、あうんの呼吸で手術を成功させた。

しかし、遠巻きに見学する塾生の中には、患部から覗く臓器を見て血の気を失う者もいた。日頃傲慢な言動の多い内海恭之介なども、途中で吐き気を催して退席してしまった。

夜になると真吉は一人窓辺に座り、成功に終わった今日の手術を思い返した。患部の状態、芳齋の手さばき、そのすべてを脳裏に蘇らせる。そして帳面を広げ、順を追って書き付けていった。

こんなとき、真吉はいつも船に乗って大海を進んでいるような気持ちになる。船の名は医学で、海の名は病。いや、もしかしたら海の名は人間かも知れない。その未知の領域に分け入り、謎を解き明かし、白日の下に晒したとき、すべての病はこの世から消えるのだろうか？

真吉は顔を上げて夜空を見上げた。月がひときわ明るく見える。届かないと分かっているのに、つい手を伸ばしてみたくなる。子供の頃の気持ちをまだ捨てきれないらしい……。小さく苦笑いして、帳面に目を戻した。

翌日、寺子屋の当番の恭之介が出てこないので、真吉は代わりに子供たちを教えることになった。

真吉が席について挨拶をしても、子供たちは妙に落ち着きなく、ざわついていた。

「みんな、静かに」

子供たちはおしゃべりをやめて口を閉じたが、何か言いたげな顔で真吉を見ている。真吉は一番前の席でじっと自分を見ているおきみに目を向けた。

「おきみ、どうした？　かまわないから、言ってごらん」

おきみは机の上から身を乗り出すようにして真吉を見つめた。

「先生、長崎に行っちゃったら、もう帰ってこないの？」

他の子供たちも同じことを考えているらしく、目が必死だった。

「帰ってくるさ。決まってるじゃないか」

真吉は子供たちの顔を見回した。

「三年間、向こうで勉強したら、またここへ戻ってくる」

「でも、もうあたいたちを教えてくれないんでしょ？」

「そうだなあ……」

真吉はほんの少し考えてから答えた。

「多分、医者の仕事が忙しくなるから、寺子屋で教える暇はなくなると思う。だけど、その頃にはおまえたちの寺子屋通いも終わっているんじゃないかな？」

真吉は安心させるように、にっこり微笑(ほほえ)んだ。

「同じ町に住んでいれば、寺子屋でなくたって会えるさ。三年経って江戸に戻ってきたら、みんなで上野の山へ花見に行こう。それとも、両国の花火が良いかな」

子供たちは一斉に歓声を上げた。真吉ははしゃいでいる子供たちに向かって、大きく手を叩いた。

「さあ、この話はこれでお終いだ。みんな、本を開いて」

軒に吊した風鈴は、夕暮れてやっと小さな音を立てた。昼間はそよとも風がなかった。

良い音色だ。風鈴はやっぱり夜の方が風情があるねえ……。

おせいはふと針を持つ手を止めた。暗くなってきたから、このくらいで針を置こうと思った。

今日も一日忙しかった。夏は表も裏も開け放して吹き抜けにしているが、風のない日はたまらない。汗で着物がじっとり肌に張り付くようだ。行水でも使ってさっぱりしたかった。

「ごめんよ」

声をかけて土間に入ってきたのは、おとせだった。

「おや、ねえさん」

「握りだよ。夕飯、まだだろう?」

鮨の折り詰めを差し出した。

「いつもすいません」

「こっちこそ、いつも時分どきに……」

おとせは駄菓子屋をやっているので、日の高いうちは外出できない。おせいのもとを訪ねるのも暮れ六ツ近くになってしまう。

「真坊、長崎に発つ日取りは決まったのかえ？」

「七月の八日、七夕の次の日ですって」

鮨をつまみながら二人が話すのは、やはり真吉のことだ。

「あと二月とちょっと……。すぐだねえ」

「行ったきり三年も会えないかと思うと、何だか……」

おせいは麦茶を飲み、切なげに溜息を吐いた。おとせはその様子を眺めて、思いきったように言った。

「ねえ、おせいさん。もう一度、所帯を持っちゃどうだえ？」

「いやですよ、今更……」

冗談だと思って軽く受け流したが、おとせの口調は真剣だった。

「前々から考えていたんだよ。おまえさんはまだ若い。無理して後家を通すことはないさ」

「無理なんかしちゃいませんよ。あたしは真吉と二人で幸せなんですから」

「だけど、真坊だっていずれ嫁さんをもらう。考えてみりゃ、もう二十歳だ。いつ縁談があったっておかしくない。そうしたら、きっと寂しくなるよ」

そんなことはない、とおせいは心の中で思う。真吉は嫁をもらったからって、決して母親をないがしろにするような子じゃない。嫁さんと三人で仲良く暮らして、そのうち孫に囲まれて……。

「相手はあの辰次さんだよ」

思いがけない名前を耳にして、おせいは小さく息を呑んだ。

「実はね、今日仕入れに行った帰りに、ばったり辰次さんに会ったんだよ。もう、かれこれ八年ぶりかねえ……」

「でも、辰次さんはおかみさんをもらったって、風の便りに聞きましたよ」

「ほら、やっぱり気になってたんだ」

おせいは臍を噬んだ。その通り、未練がなければ消息を知っているはずもない。

「辰次さんに聞いたら、あの後しばらくして所帯を持ったが、おかみさんは三年前に流行病で亡くなったそうだ。子宝に恵まれなくて、かえって不幸中の幸いだったって、しんみり言ってたねえ。それからずっと独り身だそうだよ」

　おとせは穏やかな口調で話を進めた。

「どうだろう、もう一度考えてみちゃあ？」

　おせいの心にはすでに迷いが生まれていた。

「でも、真吉がなんて言うか……」

「真坊はもう大人だよ。あんときとは違うさ」

　脈ありと見て取って、おとせの口調に熱が籠もった。

「確かに、あんときゃ縁がないままに終わってしまったが、今は事情が違う。あたしは前から、おまえさんと辰次さんは夫婦になるのが一番良いと思ってたんだよ」

「ねえさん……」

　辰次は腕の良い錺職だった。亡夫幸吉より三歳下で、同じ親方のもとで修業した弟弟子に当たる。そして二人は大の親友でもあった。

「おせいさんが辰次さんと一緒になれば、幸吉だって草葉の陰で大喜びするよ」

　おせいはうつむけていた顔を上げ、おとせの目を見返した。皮肉も嫌味もまるでなく、ただ若くして後家になった義理の妹の幸せを願う気持ちだけが、その双眸に宿っていた。

「あたしはね、おまえさんが女の幸せを摑んでくれたら、幸吉もあの世で肩の荷が下りるんじゃないかと思うんだよ。若い女房と小さい子供を残して、どれほど心残りだったことか。苦労ばかりさせて、ちっとも幸せにしてやれなくてさ……」

おとせの瞳がわずかに潤んでいるのを見て、おせいはあわてて首を振った。

「ねえさん、決してそんなこと……」

「幸吉の出来なかった分、辰次さんに幸せにしておもらい」

さえぎるように言って、おとせはにっこりと笑顔になった。

「ま、とにかく一度会ってごらんな。後のことはそれからだ」

おとせは立ち上がり、玄関口で下駄を履いた。それから思い出したように振り返った。

「明日の昼過ぎ、回向院門前の茶屋で、辰次さんが待ってるからね。積もる話をしておいで」

そう告げると答えも待たずにさっさと出ていった。

ねえさんたら……。

ほんのりと浮かんだのが苦笑いでないことに、おせいは気付いていた。困惑とときめきが胸の中でせめぎあっている。

自然と手が鏡に伸びた。ここ数年、じっくり鏡を見たこともないが、今は違う。八年前と比べてシワが増えていないか、白髪は出ていないか、じっくり点検した。しかし、途中でどうしようもない気恥ずかしさに襲われ、鏡に蓋をしてしまった。

毎日せっせと仕立てている美しく高価な着物は、おせいに縁がない。いつも木綿の、縞の目も分からない黒っぽい地味な着物を着ている。だが、今日着ているのは薄紫色の単衣だった。帯は白地に藍で柄を染めてある。どちらもさほど高価な品ではないが、おせいには一番のよそいきだった。白粉は付けず、薄く紅を差した。

竪川を渡り、相生町を通り過ぎて回向院へ向かう。門前町には茶店が並んでいるが、近づくと辰次の姿はすぐに分かった。辰次も同じで、おせいの姿を目にすると、さっと縁台から腰を上げた。

「おせいさん」

「……辰次さん」

二人は一間（約一・八メートル）ほど離れて向かい合って立った。

おせいの目には、辰次は八年前とさほど変わっているようには見えなかった。辰次の目に映る自分もあまり変わっていないことを祈りながら、ぎごちなく頭を下げた。

「本当に、お久しゅう」

「ああ……」

辰次は照れたような笑みを浮かべ、縁台を指した。

「まあ、座らねえか？」

おせいは頷いて、辰次と並んで腰を下ろした。赤い前垂れを掛けた小女が注文を聞きに来た。

「茶を二つ。それと、白玉を」

注文をすると、辰次は改まってコホンと咳払いした。

「おとせさんから聞いたよ。真坊、蘭学の勉強で長崎へ行くんだって？　たいしたもんだ」

「あたしも聞きました。辰次さんの作る簪は評判が良くて、さばききれないくらい注文がくるって」

辰次はくすぐったそうに身じろぎした。

「俺なんざ、幸吉兄いとは大違いさ。ぶきっちょで、いっちょ前になるまでずいぶんと時間を喰っちまった」

　おせいは首を振った。

「うちの人はいつも言ってましたよ。俺みたいになまじ手先が器用だと、仕事はすぐこなせるようになるが、それだけで終わってしまうことが多い。辰次みたいな真面目で不器用な奴が、人の何倍も努力して仕事が出来るようになると、一皮も二皮も剝けて、やがては名人上手と呼ばれるようになるもんだって」

「兄いが、本当にそんなことを……」

「ほんとですよ。伝えるのがすっかり遅くなっちまったけど」

　辰次の顔にぱっと喜びが広がった。

　それを見たおせいの胸にも喜びがじんわりと満ちてくる。今も幸吉を兄弟子として尊敬し、慕ってくれる辰次の心情が素直に嬉しかった。そして、二人の間でこんなにも自然に幸吉の名を出せるようになったことに、感慨を覚えずにはいられない。

　八年前はこうはいかなかった。お互い、何となく後ろめたくて、あの人のことに触れるのを避けていたっけ……。

　時がたったのだと思う。時薬という言葉があるように、八年の歳月が遮るものを押し流し、傷口を癒してくれたのだろう。今なら、お互い中年を迎えた男と女として、ごく普通に出会い、手を携えて生きていくことが出来るのではないか……？

「辰次さん、今はどちらにお住まい？」

「神田鍛冶町の庄右衛門店……白壁町と鍋町に挟まれたとこだ」

「明神様は近いの？」

「そう近くもねえな。おせいさんの家から回向院へ行くよりは遠い」

おせいは生まれも育ちも深川で、大川の向こうには住んだことがないから、地理もよく知らない。ただ、辰次がずいぶんと遠くへ引っ越してしまったことに胸がうずいた。おそらく、逃げるような気持ちで深川を離れたのだろう。

「引っ越した当初は川が少なくて物足りなかったが、今じゃ慣れっこさ。たまに御茶ノ水辺りに足を延ばすと、きれいな景色で胸がすっとする」

おせいは黙って頷いた。辰次もじっとおせいを見つめている。

沈黙は少しも気詰まりではなかった。二人の間に暖かな空気が流れ、八年の空白を満たしていくのを感じていた。そして、ゆるやかに流れる時間を楽しんでいた。

拳が飛んできた。

それはかわしたが、同時に足払いを掛けられて転倒した。一対一なら何とかいなせるが、三人がかりでは如何ともし難い。

今度は足が飛んでくる。真吉は頭と腹をかばって身体を縮め、蹴り出される攻撃に耐えた。だが、尻の上に踵がめり込んだときは、激痛で一瞬息が止まった。

「腰抜けが！」

内海恭之介はペッと唾を吐き、嘲笑った。佐原平四郎と膳場小弥太もそれにならい、高笑いした。三人は乱れた襟を整え、肩をそびやかして立ち去った。

真吉はようやく身体を起こした。慎重に身体を触って、骨に異常がないのを確かめた。打撲傷は受けたが、いずれも筋肉で留まって、内臓にまで損傷を与えられてはいない。

立ち上がろうとして顔をしかめた。着物の袖付けが半分破れている。この間、おせいが仕立ててくれたばかりの帷子なのに。

真吉は破れ目を手で押さえ、唇を噛みしめて立ち上がった。

「あら、真吉さん」

廊下から声を掛けると、おさきは文机から顔を上げてこちらを見た。帳簿を付けているところらしい。

「邪魔してごめん」

「良いわよ。どうしたの？」

おさきは筆を置いた。部屋は女中部屋の隣の四畳半で、女中頭に就任したときからこの部屋で寝起きしている。

「針と糸を貸してくれないかな？　袖を破ってしまって……」

おさきの目つきがにわかに鋭くなった。

「また、あの連中の仕業ね」

真吉が言葉を差し挟む間もなく、おさきはすっくと立ち上がった。

「もう我慢できない！　あたし、旦那さまにご報告します！」

「おさきさん、待ってくれ」

真吉は部屋を飛び出そうとするおさきを、あわてて押し止めた。

「どいてよ、真吉さん！」

おさきは目に悔し涙を浮かべていた。

「いくら大身旗本の息子だからって、許せない！　今日こそ旦那さまに申し上げて、きついお灸を据えてもらいましょうよ！」

「おさきさん、落ち着いて」

「何故？　どうしてあんな連中をかばうの？」

「かばったりするものか。俺だってあんな連中はどうなったってかまわないと思ってる。塾の恥さらしだ」

「それじゃ、何故止めるの?」

「俺は大恩ある芳齋先生とこの啓明塾に、髪の毛一筋の傷も付けたくない。もうすぐ種痘所開設のご認可が下りるっていうときに、騒ぎ立てて事を荒立てたくないんだ」

「でも、このままじゃあんまり……」

「大丈夫だよ、おさきさん」

　真吉はきっぱりと言った。

「俺はもうすぐ長崎へ行く。そうしたら連中も手出しは出来ない。それまでの辛抱だ」

　おさきはまだ不満そうな顔をしていた。

「分かってくれ、おさきさん。もし内海恭之介を破門したら、芳齋先生は御書院番頭を敵に回すことにもなりかねない。それが仇になって、今度の種痘所の件はもちろん、御殿医に蘭方内科医を登用させたいという先生の長年の夢がダメになったら、恩を仇で返すも同然だ。それだけは、絶対にしたくない」

「……分かったわ」

　おさきは渋々頷いた。再び顔を上げて真吉の目を見返したときには、いつもの明るく闊達な表情を取り戻していた。

「それ、脱いで置いてってちょうだい。あたしが繕っとくから」

「良いよ、自分でやるから」

「よこしなさいって。不揃いな針目で縫われたら、せっかくおっ母さんが作ってくれた着物が台無しよ」

　真吉は苦笑して、降参した。

　その夜、夕食が終わり、大部屋で本を広げていると、女中が廊下から声を掛けた。

「真吉先生、芳齋先生がお呼びでございます。お部屋の方へお越し下さい」

　何事かと思ったが、すぐさま本を閉じて芳齋の居室へ出向いた。

　芳齋は床の間を背に端座して真吉を待っていた。

「真吉、そこへ座りなさい」

　向かいの席を示されて、真吉は畏まって両手をついた。

　芳齋は脇に置いた緞子の袋を手に取り、紐を解いた。中から現れたのは脇差しだった。芳齋は鞘を払い、刀身をあらためてもう一度鞘に戻した。

「これはわしが紀州家より賜った品だ。長崎までの道中何があるか分からぬゆえ、守り刀にすると良い」

「そのような大切なお品を、畏れ多いことでございます」

真吉は両手で脇差しを押しいただいた。

「まあ、使うこともあるまいがの」

真吉は緞子の袋に刀をしまい、丁寧に紐を結んだ。それを待って、芳齋はおもむろに切り出した。

「ときに真吉、多代をどう思う？」

真吉は質問の意味が分からず、怪訝な顔で問い返した。

「多代さま……でございますか？」

「娘はおまえのことを慕っている」

真吉はギョッとして腰を浮かしかけた。

「な、なにを仰いますッ⁉」

真吉は畳に平伏した。

「そんな……とんでもない。あまりに畏れ多いことです」

よほど驚いたのか、日頃の落ち着いた態度とは打って変わって、言葉がしどろもどろになっていた。

「わしは娘の口からはっきりと聞いた。もっとも、敢えて聞かずとも日頃の娘の態度を見ておれば、自ずと察しはついたがの」

真吉は平伏したまま、身の置き所もない様子で恐懼しきっていた。

「長崎から戻ったら多代と夫婦になって、わしの跡を継いでほしい」

真吉は頭を上げた。あまりにも意外なことを聞かされて、ただただ唖然とした様子だ。

「……それは、先生……ご身分が違います」

「そんなものはどうとでもなる。わしはおまえの真意を聞きたい。どうだ、啓明塾を継ぐ気はあるのか?」

真吉は困惑しきったように目を伏せ、返事を口にした。

「啓明塾は、北川塾頭がお継ぎになるものと思っておりました」

芳齋は腕組みし、大きく頷いた。

「わしとて順平の行く末はきちんと考えている。おまえが案ずることはない。それに、残念だが順平はおまえに遠く及ばぬ」

芳齋は腕組みを解き、強い眼差しを真吉に注いだ。

「わしは決して娘可愛さに目を眩まされたのではない。多代のことがなくとも、啓明塾はおまえに継がせたいと思っている。日本の医学の発展のために、わしは、わしの築き上げたすべてを、おまえに受け継いでほしいのだ。そして、それをさらなる高みに引き上げ、大きく発展させてほしいのだ」

真吉は芳齋の視線に金縛りにされたように、身じろぎもしない。

「どうだ、真吉。この申し出、受けてはくれぬか？」

真吉は畳に両手をつき、芳齋を見上げた。興奮で頬は紅潮し、感動に小さく震えていた。その瞳は喜びに潤んで輝いていた。

「まことに以て、身に余る光栄でございます。私に否やのあろうはずはございません。先生に拾われ、医学の道に導いていただかなかったら、私の一生は半分死んだも同じだったでしょう。先生のお陰で、私は自分の生きる道を見つけることが出来たのです。この命は、医学のために捧げる覚悟でございます」

真吉は背筋を伸ばし、居ずまいを正した。

「お話はありがたくお受けいたします。先生と啓明塾の名を辱めぬよう、これからもひたすら精進を重ねて参ります。そして、夫婦となった暁には、必ずや多代さまを幸せにする所存でございます」

「よく言うてくれた。これで一つ肩の荷が下りた」

芳齋は満足そうな笑顔を見せた。


柳原土手は神田川の南岸を浅草橋から筋違御門辺りまで十町（約一・一キロメートル）ほど続く土手で、昼間は古着屋や古道具屋の床店が軒を連ねている。しかし日が暮れて店が閉まり、客足が途絶えると、まるで様相が変わってお化けが出そうな寂しい風景になる。暗くなってから柳原土手をうろつく者は、客を探す夜鷹と、それが目当ての好き者くらいだ。

その夜も、一目で夜鷹と分かる女が柳原土手を流して歩いていた。手拭いを吹き流しに被って茣蓙を抱え、時々チュッチュッと鼠鳴きをして客を呼んでいる。

晦日の月はすっかり欠けて姿が見えず、星明かりだけが頼りだ。それでも木枯らしの冬に吹きさらしの土手を歩くことを思えば、今の季節は極楽だった。

鼠鳴きに呼び寄せられたかのように、男が一人土手の向こうからやってきた。手拭いで頰被りをしていて、まして月のない夜だから人相は分からないが、身体つきや歩き方からまだ若いと思われる。夜鷹は足を止め、男が近づくのを待った。

「先払いだよ」

目の前に立つ男に告げて、夜鷹は物慣れた態度で手を差し出した。声はいくらかしゃがれているが、手拭いの下に覗く顔は存外若いようだ。男は懐から小銭を取り出し、夜鷹の手に置いた。

夜鷹はにやりと笑うと、くるりと背を向け、先に立って土手を降りた。男も後に続く。少し歩いて夜鷹は立ち止まり、柳の木の下に莫蓙を敷いた。

被っていた手拭いを取り、思わせぶりに男を振り返ったとき、男の両手が首に掛かった。


柳原土手の下で夜鷹の死体が発見されたのは、翌朝、町木戸が開いた明け六ツ（午前六時）のことだった。木戸番が大急ぎで地元の町役人とご用聞きに知らせて回り、月番の北町奉行所の定町廻り同心にも知らせが行った。

神崎兵庫が現場に駆けつけたときは、土手の上には野次馬がびっしり並んで見物していた。

筵をかけた死体の横には、付近を縄張りとするご用聞き、柳原の吉五郎と、縄張り違いの堀留の俊六が控えていた。吉五郎も俊六も、どちらも神崎から手札を与えられ、お上(かみ)の御用を務めている。

　神崎はじろりと俊六を見たが、何も言わずにまず筵をめくって死体を検(あらた)めた。殺された女はだいぶ抵抗したらしく、顔には殴られた痕(あと)が残り、髷(まげ)が崩れて髪を振り乱していた。両手の指には爪の間に血が溜(た)まっている。死にもの狂いで引っ掻(か)いたらしい。そして、右手にはしっかりと手拭いが握られていた。

　襟も裾(すそ)も押し広げられ、乳房と局部が丸出しで、陵辱(りょうじょく)の痕も生々しい。三光稲荷のおこま殺しと手口がよく似ていた。これでおこま殺しの下手人は市助とは別にいることが明らかになった。

　検分を終えると、俊六が神崎の前に進んで頭を下げた。

「どうでえ、客と揉(も)めたと思うか？」

「昨日や今日商売を始めた女とも思えやせん。今更客と揉めて命を落とすとは考えられませんので」

　神崎もそれに同感だった。

「旦那、あっしも乗りかかった舟でござんす。もし下手人が同じ奴なら、柳原の父(と)っつぁんに力を貸すことも出来ましょう。縄張り違(ちげ)えは承知の上で、父っつぁんに事情(わけ)を話して、出しゃ張ってめえりやした」

今朝、俊六がいち早く殺しの現場に駆けつけたのは、弟七平の注進による。豊島町に住む得意先の婚礼の手伝いに、夫婦揃って早朝から出かけていき、騒ぎに遭遇したのだった。七平は女房のおせきを先に得意先へ行かせ、自分は堀留町に引き返して兄に事件を告げた。

短い間に立て続けに夜の女が殺されるなど、滅多にあることではない。俊六は二つの事件の関連を直感し、縄張りを越えて下手人捜しに乗り出すことに決めたのだった。

神崎が吉五郎を見ると、シワの多い顔が頷いた。

「あっしにも異存はございやせん。下手人が行き当たりばったりに女を殺すような奴なら、次は何処に現れるか知れやせん。手は多い方がありがたいこってす」

吉五郎は手下の数も少なく、年齢も五十を越えていた。一家心中と自殺と相対死を別として、これまで殺しを扱った経験はない。夜鷹殺しは荷が重く、俊六の申し出は渡りに舟に近かったろう。

「おめえたちがそのつもりなら、俺ァ何も言うこたあねえ。しっかりやれ」

神崎は二人のご用聞きの顔を見比べて付け加えた。

「こう物騒なことが続いたんじゃ、夜鷹もおちおち商売に出られめえ。一刻も早く下手人をお縄にして、安心させてやれ」

翌日からは五月で、当番は南町奉行所に変わる。だが、神崎はこの事件はひと月では解決しないだろうという予感がした。


五月に入ると啓明塾はいよいよ忙しくなった。

一日には幕府の認可が下り、それを受けて七日から神田の種痘所は活動を開始した。芳齋も種痘所の運営に携わる傍ら、蘭方医同士の談合や役人との折衝などで時間を取られ、塾を空ける日も多くなった。塾生の主だった者は種痘所に手伝いに出掛けて行き、残った塾生たちが診療所と寺子屋の業務を引き受けた。

真吉が種痘所に赴いたのは一度だけで、後は毎日啓明塾に残って日々の業務をこなしていた。

昼になり、その日の授業が終わった。

子供たちは三々五々、帰り始めたが、喜一とおきみの兄妹は真吉にまとわりついていた。

「ねえ、ねえ、先生、長崎ってどんなとこ?」

「異人がいっぱいいるって、ほんとう?」

「長崎までどうやって行くの？」

「千石船に乗るのかい？」

子供たちの他愛もない問いに、真吉はうるさがりもせず、丁寧に答えてやってい
る。甘ったれて膝に乗ってきたおきみを抱き上げて「高い、高い」もしてやった。

それで兄妹はますますひっついてくる。

「ほら、ほら、二人とも。さっさと帰りなさい。あんたたちにかまけていたら、先
生がお昼をいただく時間がなくなっちまうよ」

見かねたおさきが気を利かせて、子供たちの尻をポンポンと叩いてせき立てた。

「じゃ、先生、また明日」

「気を付けてお帰り」

喜一とおきみは真吉を振り返り、にっと笑顔を浮かべて部屋を出ていった。

「真吉さん、後はやるから、お昼を召し上がって下さい」

文机を片付けようとする真吉に、おさきが言った。多代との婚約は正式に発表
されたわけではないが、啓明塾ではもはや周知の事実だった。そのせいか、おさき
の言葉遣いも心なしか丁寧になった。

「良いよ、すぐだから。おさきさんこそ、台所が忙しいだろう？」

そこへ、多代が入ってきた。

おさきはハッとして多代を見たが、すぐに居心地悪そうに目を伏せた。そして何も言わずに頭を下げ、そそくさと出ていった。

多代はおさきの姿が廊下の曲がり角に消えてから、真吉の方へ向き直った。

真吉は畳に畏まって控えている。婚約が成立してからも、多代に対しては相変わらず〝恩師の娘〟として敬意を持って接し、礼儀正しく振る舞っていた。それは、どちらかと言えば敬して遠ざけるような態度に思われた。おさきと話しているときのような、親しげにうち解けた感じがまるでない。多代はそれが不満だった。

「真吉が長崎に行ってしまうと、寂しくなりますね」

多代は真吉の正面に座った。

「はい。でも、北川塾頭が居て下さるので、啓明塾は安泰です」

「塾のことではありません」

多代はたしなめる口調になった。わずかの間に、その顔から小娘の不安やたゆたいが消え、許嫁（いいなずけ）を得た女の自信が漂い始めていた。

「長崎の女人（によにん）はとても美しいそうですね」

「美しいかどうかは存じませんが、西洋との混血で、赤い髪や青い目の子供がいるそうです」

「長崎に三年暮らす間に、赤い髪と青い目の女人に心を奪われたりしませんか？」

真吉は苦笑を漏らした。

「私の心は長崎で学ぶ最新の医学で一杯です。たとえ天女のような女人と巡り会っても、中の臓器が気になって仕方ないでしょう」

「まあ」

多代はふっと微笑んだが、すぐに寂しそうに笑いを消した。

「おまえが私との縁談を承知したのは、私が西本芳齋の一人娘だからですか？」

「それは……」

言い差して、真吉は困惑した顔で目を逸らした。

無理もない。違うと言えば嘘になる。啓明塾の塾生ならば多代と芳齋を切り離して考えることなど不可能だった。多代には持参金代わりに啓明塾がついてくるのだから。

多代も馬鹿ではないからその辺の事情は察していた。そして、真吉が見え透いた嘘を吐かなかったことで、むしろ好感が増した。

「それは良いのです。ただ……」

多代はわずかにためらったが、思い切って口に出した。

「おまえは、本当はおさきが好きなのでしょう？」

真吉は虚を衝かれたように、目を丸くした。

「それは、違います」

「だって、おさきとはいつも楽しそうにしゃべっているのに、私のことは避けてばかりいるじゃありませんか」

「そんなことは……」

真吉は困り切ったように、眉間にシワを寄せた。

「答えておくれ。おまえ、本当はおさきと夫婦になりたかったんでしょう？」

「違います。決してそんなことはありません」

「それじゃ、何故……」

多代の目に涙の粒が盛り上がった。何と言ってもまだ十六で、不安定な年頃だった。愛する男の心が自分にあると確信できないもどかしさに胸をかき乱され、自然と泣きたくなってきた。

「……その通りです。私は確かに多代さまを避けていました」

溢れ出した涙が、ポロポロと頰を伝った。

「私のことが、嫌いなのね」

「それは違います」

「嘘」

　多代は着物の袖口から襦袢(じゅばん)を引っ張り出し、涙を拭(ぬぐ)った。漏れそうになる嗚咽(おえつ)を辛(かろ)うじて押さえ込んだが、鼻水が垂れてしまった。泣いている多代は、幼児と変わらなかった。

　真吉は顔を上げ、真っ直ぐに多代を見つめた。

「私は、恐ろしかったのです」

　多代は鼻水を啜(すす)りながら真吉を見返した。

「……多代さまを好きになるのが」

　多代は泣くのも忘れて、ポカンと口を開けた。

「私と多代さまは身分が違います。身分違いの恋は身を滅ぼします。医学を志(こころざ)す身で、我が身を破滅させることなど出来ません。だから決して多代さまを好きにならないように、無理矢理頭の中から追い出して、お顔を見るのも避けるようにしておりました」

　真吉の顔にも、口調にも、浮かれたところはまるでなかった。むしろ苦渋(くじゅう)の趣(おもむき)

さえ感じられ、それが真実の重みを伝えているようだった。

「おさきさんと私は似たような身の上です。貧しい家に生まれて、芳齋先生に引き取られてご厚情を賜りました。だからお互いの考えることもよく分かるし、気軽に話せます。私は母一人子一人ですが、もし姉がいたらおさきさんのような人ではないかと、考えたりもしました。おさきさんも同じ気持ちだと思います」

多代を見つめる真吉の目がキラリと光り、瞬いた。思わず多代も釣られて瞬きした。

「先生から多代さまとのお話をいただいたときは、夢かと我が耳を疑いました。あれからずっと、天にも昇る心地でおります」

多代は頭がポウッとして、真吉の膝に手を伸ばした。

「多代さま、今の私はまだ啓明塾の書生に過ぎません。でも、長崎で必死に勉強して、必ずや一人前の医者になって帰って参ります。そして啓明塾に、いや、日の本にこの人ありと言われる立派な蘭方医になってみせます。……多代さまの夫に相応しい人物に」

真吉は膝に置かれた多代の手を両手で包んだ。

「真吉……」

多代はうっとりと目を閉じ、至福の時を堪能した。

真吉は目を開けたまま、じっと遠くを見つめた。廊下の奥に佇んでこちらを見つめているおさきと目が合った。

真吉は目を逸らさず、訴えるような眼差しをおさきに向けていた。その目に浮かぶ苦衷を、おさきは見て取った。

が、おさきは小さく首を振っただけで顔を背け、そのまま廊下の奥へ引っ込んでしまった。

その日の夕刻、裏庭で真吉を取り囲んだ内海恭之介たち三人は酒気を帯びていて、常よりさらに剣呑な空気を漂わせていた。

「北川塾頭を差し置いて啓明塾の後釜に座ろうとは、見下げ果てた奴だ」

「散々世話になっておきながら、恩義も長幼の序も知らぬとは、情けないにもほどがあるわ」

「ふふん、下郎には人の道を説いても無駄らしいの」

あいにく芳齋を始め、寄宿している塾生も種痘所に応援に駆り出され、まだ帰宅していなかった。

恭之介が真吉の胸ぐらを摑（つか）んだ。

「殊勝（しゅしょう）な顔をして、陰でこっそり多代さまに手を出していたとは、ゲスのすることは恐ろしい」

真吉は恭之介を睨（にら）み返し、その手を払った。

「下郎が、何をするッ⁉」

「あなた方は腐っている。下郎にも劣（おと）る、見下げ果てた輩（やから）だ」

「なんだと？」

三人は突然の反抗に戸惑いながらも、気色（けしき）ばんで詰め寄った。

「武士の風上にも置けぬし、町人の風下にすら置けぬ。啓明塾に在籍する資格などとうにない。ただの怠惰（たいだ）で臆病（おくびょう）な卑怯者（ひきょうもの）だ。親の禄（ろく）を食（は）んで無為徒食（むいとしょく）するだけなら猫にも劣る。猫は鼠（ねずみ）を捕りますからね」

立て板に水の鮮やかなもの言いに、一瞬呆気にとられたが、その意味が頭の中に染み込むと、三人の顔が怒りでどす黒く染まった。

「おのれ、言わしておけば……！」

平四郎と小弥太が殴りかかるより早く、恭之介が刀の鯉口（こいぐち）を切って抜刀していた。

「おい……」

　さすがに他の二人は青くなった。小弥太は咄嗟に恭之介の前に半身を入れ、止めに入った。

「どけ！」

　だが、恭之介は小弥太を押しのけて一歩前に踏み出した。

「下郎、思い知らせてくれる！」

　恭之介は刀を上段に構えた。

　真吉は一歩退いて間合いを取った。恭之介は踏み込んで刀を振り下ろしたが、真吉は素早く身をかわし、再び刀の届かない距離に身を置いた。

　しばらくは刀を振るう恭之介と、巧みにかわす真吉の追いかけっこが続いた。元々恭之介は大身旗本の四男坊で、剣術の稽古などサボってばかりいたから、腕はなまくらだ。それでも一応は武士で刀を握っているのだから、素手の真吉が不利なのは言うまでもない。塀際に追い詰められたとき、かわし損ねて刀の切っ先で薄く横鬢を削がれた。

「恭之介どの、もうやめなされ」

「刀を引かれよ」

平四郎と小弥太はおろおろと声をかけた。二人にしてみればこんな刃傷沙汰に巻き込まれるのは本意ではない。常日頃おべんちゃらを言ってかしずいていたのは、遊ぶ金がほしかっただけで、不始末のとばっちりを受けるのは迷惑千万だった。

しかし、一度血を見た恭之介はすっかり逆上して、自分でも衝動を抑えられなくなっていた。目が血走っている。

「下郎、覚悟！」

塀際に追い詰めた真吉に向かい、恭之介は刀を振りかぶった。

「内海、刀を引け！」

屋敷の方角から鋭い声が飛び、さすがに恭之介は我に返った。

北川順平が廊下を走り、裸足で裏庭に飛び降りてきた。後ろからおさきと多代が続いた。

順平は真吉の前に立ちふさがるようにして、恭之介と正面から向き合った。日頃は温厚で不機嫌な顔など見せたことのない順平だが、今はすっかり形相が変わっていた。怒りで頬が紅潮し、口元が引き攣って小さく震えている。

「芳齋先生のお留守中に、何としたことだ？」

恭之介は力なく刀を下ろした。

「芳齋先生のお屋敷内で刀を振り回すとは、何たる不心得だ。そして、おぬしが刀を向けた相手は、我が啓明塾の副塾頭だ。それがどういうことか、分かっていようの？」

順平は恭之介、平四郎、小弥太と、順繰りにその顔を睨み付けた。

恭之介は反抗的にそっぽを向いた。しかし平四郎と小弥太は面目なげに下を向いた。

「このことが公になれば、おぬし一人の科ではすまぬ。お父上にまで累が及ぶのは必定だ。お役御免、改易は免れぬぞ」

さすがに恭之介は唇を噛み、刀を鞘に納めた。

「おまえたちの日頃の行状は、わしも芳齋先生もうすうすは知っていた。しかし、真吉自身が事を荒立てるのを好まず、啓明塾にとっても大切な時期であったため、謂わば見て見ぬ振りをしてきた。それがおまえたちを増長させ、今回のような不祥事を招いてしまった」

順平は三人の顔を見回して、厳かに言った。

「良いか、よく聞け。今後真吉に指一本触れるようなことがあらば、おまえたちの所業をお目付に訴え出る。これは先生のご決定だ」

目付と聞いて平四郎と小弥太はまっ青になった。

「分かったら行くがいい」

平四郎と小弥太はそそくさとその場を立ち去った。恭之介は一度は背を向けたが、途中でくるりと振り返り、真吉を見据えて唇を歪めた。

「無事に長崎に行けると思うなよ」

順平はその背中が裏庭から消えると、深々と溜息を吐いた。

「……困った奴だ」

多代が庭下駄をつっかけて真吉に走り寄った。

「真吉、大丈夫？」

真吉は順平と多代に向かって頭を下げた。

「申し訳ありませんでした」

「おまえが謝ることはない」

順平は苦り切った顔で目を伏せ、もう一度溜息を吐いた。

「世の中は理屈どおりにゆかぬ。業腹だが、仕方ない」

順平が目を上げ、じっと真吉を見つめた。その目は口に出来ない何事かを訴えるように潤んでいた。

「先生……？」

順平は想いを振り切るように目を逸らし、真吉の肘(ひじ)のあたりにそっと手を置いた。

「とにかく、傷の手当てをしておこう。診療所へ来なさい」

真吉を促して縁台に向かうと、おさきがすかさず雑巾を持って二人に駆け寄った。

「ああ、ありがとう。それと、おさきさん、すまんが後でわしの部屋に酒を頼む。冷やで良い」

「はい。肴(さかな)は漬物と佃煮(つくだに)くらいしかありませんが、よろしいですか？」

「上等だ」

順平は手早く足を拭いて、真吉に雑巾を渡した。

真吉が足を拭いている間に、おさきは裏庭から台所の方へ小走りに去っていった。地味な縞木綿の着物の背中に、赤い襷(たすき)が十文字に掛かっているのが目に残った。

その五　枝撫子の簪

　おせいはあれから辰次と二度会っていた。一度目は再び回向院で待ち合わせ、二度目は神田明神へお参りに行った。

　もちろん、会えば帰りには近くの店に入って一緒に夕飯を食べたし、辰次は銚子を二本ほど頼み、おせいもほんの少し相伴した。酒が入っていよいよ気持ちがほぐれ、話が弾んでとっぷり日暮れて、辰次に常盤町の木戸まで送ってもらった。

　だが、まだそれ以上には近づいていない。互いの住まいに足を踏み入れてはいないし、裏茶屋に足を向ける素振りも見せない。良い年をして清い仲だ。それは辰次がおせいを大事に思えばこそと分かっている。おせいはそんな辰次の気持ちを嬉しく思い、しかし家に帰って一人になると、ちょっぴり物足りなくも思ったりする。

そして、小娘のような気持ちのたゆたいを楽しんでもいる。

でも、それもじきに終わる……。

辰次に向かって走り出した気持ちはもうごまかしようがない。辰次がおせいを求めているように、おせいも辰次を求め始めている。もう引き返せないと、心が訴えている……。

そんなことを考えながらも手は休みなく針を進めていたが、ぴくりとその手が止まった。表に人の立つ気配がしたのだ。

「ごめんよ」

「あら……」

辰次だった。

「ちょいと近くまで品物を納めに来たもんだから……」

嘘に決まっているが、そんなことはどうでも良い。おせいは縫い物を押しやって腰を浮かせ、辰次は遠慮がちに三和土に足を踏み入れた。

「さ、どうぞ、上がって下さい。今、お茶を淹れますから」

「いや、かまわないでくんな。長居は出来ねえ」

辰次は履き物も脱がず、上がり框に腰をかけた。そして、懐から畳んだ手拭いを取り出し、おせいの前に置いて開いた。

「これを、おせいさんに」

「まあ……」

おせいは目を瞬いた。手拭いの中から現れたのは銀の簪だった。

「……きれい」

おせいは問いかけるように辰次の目を見返した。辰次は大きく頷いた。

「似合うと思って」

簪の先には精巧な細工の枝撫子が飾りについていた。華やかでありながら派手すぎず、おせいの年代にはお誂え向きだ。それでも、あまりの美しさについ気後れがしてしまう。長い間、身を飾る余裕もなく過ごしてきたのだ。

「でも、こんな立派なもの……」

「おせいさんのためにこさえたんだ」

辰次が励ますように言った。その声に背中を押されて、おせいはそろそろと簪に手を伸ばした。

「……」

手にとって、思わず溜息が漏れた。こんな美しい簪は見たことがないと思う。しかも、それが自分への贈り物だと思えば、尚いっそう美しく見えた。

「挿してやろう」

辰次はおせいの手から簪を受け取ると、そっと髷に挿した。間近に迫った辰次の首筋から肩の辺りのがっしりとした線や、かすかに鼻孔をくすぐる男の匂いに、おせいは頭がくらりとしそうになった。辰次は身体を離し、おせいの髪を眺めて満足そうに微笑んだ。

「きれいだ。よく似合う」

おせいは照れ笑いを浮かべた。と、辰次が真顔に戻った。

「おせいさん、俺ァ……」

意を決したように、辰次はおせいを見つめている。おせいもまた、期待を込めてその目を見つめ返した。辰次の手がおせいの肩に掛かった。

そのときだった。不意に表の戸が開いた。

「ただいま！」

真吉は戸口の前に立ち、一瞬で顔を強張らせた。そのままじっと突っ立って、二人を上から見下ろした。おせいと辰次も真吉に目を向けたまま、膠でも浴びせられたように固まって身動きも出来ない。

しかし、実際にそうやって睨み合っていたのは三つ数えるくらいの間だろう。辰次はおせいの肩に伸ばしていた手を引っ込め、おせいはぎごちない笑顔を作った。

「ああ、お帰り、真吉」

だが真吉は刺すような視線を二人に向けたまま黙っている。

「ほら、あの、覚えてるだろ？　お父っつぁんの弟弟子だった辰次さん」

「お久しぶりです」

冷たい声が返ってきた。

真吉は取って付けたように会釈したが、顔つきは硬いまま、目つきも鋭いままだった。むき出しの敵意が吹雪のように吹き付けて、おせいと辰次を凍り付かせた。当たり障りのないことを言ってこの場をやり過ごさなくてはいけないのに、上手く言葉が出てこない。まだほんの若造に過ぎない真吉の前で、何故か二人とも蛇に睨まれたカエルのような気分にさせられていた。

「こりゃあ、すっかり見違えちまった。噂には聞いてたんだが、あんまり立派になったもんだから」

辰次は狼狽えたことに恥じ入りながらも、やっとのことで社交辞令を口にしたが、真吉はむっつり押し黙っている。

「辰次さんは今、神田鍛治町にお住まいなんだよ。この間、仕入れに出掛けたおばさんとひょっこり行き会って……」

真吉がじろりと睨んだ。おせいは思わず口をつぐんだ。

「……そんじゃ、俺はこれで……」

辰次が上がり框から腰を上げた。あまりの居心地の悪さに、すっかり身の置き所を失っていた。

「今日は、ほんとに何のおかまいもしませんで……」

おせいもあわてて座り直し、畳に手をついた。

真吉は黙って頭を下げた。

辰次は最後におせいを見て、素早く互いの視線を交わすと、ほとんど逃げるように出ていった。

入れ替わりのように、真吉は履き物を脱いで家に上がった。おせいは上がり框に屈んで履き物を揃えながら、まだ狼狽えていた。

「急だったね。知らせてくれればいいのに……」

「柳橋まで往診に行ったたから、ちょっと寄ったんだ」

真吉は座敷に腰を下ろして胡座をかいた。

「おばさんが辰次さんと行き会って、そのときおっ母さんの話も出たんだよ。それで懐かしがって、問屋に品物を納めに行った帰りに、寄ってくれたんだって」

何を言い訳しているんだろうと、おせいは自分が情けなかった。辰次との仲は決してやましいものではない。まして、互いの気持ちは夫婦約束をしたも同然で、息子に対してであろうと言い訳する必要など何処にもない。それなのに、真吉の前で辰次に気持ちを動かしている姿を見せてしまったことが、何とも後ろめたいのだった。

「今日は、ゆっくりしていけるのかえ?」

その気持ちをごまかすように、手早く茶の道具を引き寄せた。

「さ、お上がり。柳橋のうめ川でもらったお菓子だから、上等だよ」

菓子鉢に盛った小ぶりの饅頭を真吉の前に押しやった。真吉は相変わらず黙っているが、目つきは和らいでいた。それを見るとおせいはホッとして溜息が出そうになった。

「夕飯はどうする? 食べられるなら、夕市で魚を買ってこようかねえ」

「おっ母さん、まだあの人が好きなんだね?」

ズバリと言われて、おせいは飲み込もうとした茶に咽せ返った。

「な、何を言うんだい……」

情けないほど狼狽えて、おせいは声が裏返りそうになった。

その様子をじっと見て、真吉は寂しそうに目を逸らした。

「良いんだよ、隠さなくたって。俺が邪魔しなければ、ほんとはおっ母さん、あのときあの人と所帯を持っていたんだね……」

おせいは必死に首を振った。

「そんなことはないよ」

「分かってる、俺のせいなんだ……」

真吉が唇を噛んだ。

「ちがうよ、真吉。おまえのせいじゃない。あのときはおっ母さん、決心がつかなかったんだよ。おまえのおっ母さんだけで生きるか、人の女房になるか……」

真吉の両手が袴を握りしめた。

「俺、子供だった。おっ母さんを他の男に取られるのが嫌で、おっ母さんの幸せなんか、これっぽっちも考えちゃあいなかった」

「真吉……」

おせいは真吉ににじり寄り、握りしめた拳に手を置いた。

「ごめんよ、おっ母さん。俺、ずっと孝行したいと思ってた。苦労かけたおっ母さんを幸せにしたいと思ってた。だけど、今やっと分かった……」

真吉の両目に涙の粒が盛り上がった。おせいは胸を衝かれて言葉を失い、真吉の顔を見返した。

「おっ母さんを幸せに出来るのは、俺じゃない。あの人だって」

真吉はおせいの手を振り切るように立ち上がり、そのまま背中を向けて土間に降りたった。

「待って、真吉……」

おせいもあわてて立ち上がろうと中腰になった。

「おっ母さん」

真吉はくるりと振り向いた。目は涙に濡れていたが、口元には無理矢理のように笑みを浮かべていた。

「その簪、よく似合うよ。とてもきれいだ」

言うなり、真吉は表へ飛び出していった。

「真吉……」

おせいは上がり框に膝をつき、茫然と座り込んだ。

どうしておいらじゃダメなの？

声変わりする前のかん高い少年の声が、耳に蘇った。

否応なく、おせいは十年も昔のあの日に引き戻されていた。

桜が終わり、藤が盛りを迎えようとしていた頃だった。隠居した錺職の親方の女房から、辰次との再婚話が持ち込まれた。辰次も前年、一人娘を残して女房に死なれていた。

元々互いに気心は知れていたし、辰次の娘のおゆみはおせいに懐いていた。それだけではなく真吉が大好きで、兄のように慕って年中まとわりついていた。真吉も面倒がらずにおゆみと遊んでやっていた。だから縁談はトントン拍子で進むはずだった。

ところが、真吉が頑として反対した。恐ろしいほど利発で聞き分けのよい子で、生まれてこの方ワガママを言って我を通すような振る舞いはしたことがなかったのに、おせいが辰次と夫婦になるつもりだと告げると、悪鬼のような形相で激昂した。ことを分けて説き伏せようとしたが、まるで聞く耳を持たない。日頃の真吉とは別人のようだった。

「まあ、子供のことだから、少し時が経って落ち着くのを待とう。その間に、気持ちも変わるさ」

辰次も最初は鷹揚に構えていた。おゆみと四人で何度か両国廣小路に遊びに行ったり、屋台店でご飯を食べたりした。四人で過ごす時間が積み重なれば、真吉の気持ちもほぐれるだろうと考えたのだが、一向にうまくいかなかった。

真吉は辰次と目を合わせず、口を利こうともしなかった。半年以上もそんなことが続いて、辰次も最後には匙を投げた。

「今の真坊には、何を言っても無駄だ。これは理屈じゃなくて気持ちの問題だから、おいそれと変わることはあるまいさ」

辰次は溜息交じりに提案した。二人がいたのは長屋の近所の神社の境内で、花が終わって葉だけになった藤棚の下だった。

「俺ァ、覚悟を決めたよ。だからおせいさん、おまえさんも覚悟を決めてくれねえか?」

「覚悟って?」

「真坊はおいといて、夫婦になろう」

辰次の気持ちはよく分かった。おせいも同感するところがあった。真吉はもはや、何を言っても無駄なのだ。しかし、すんなりと頷くには躊躇があった。

「おまえさんがためらうのはもっともだ。だが、来年になれば真坊は奉公に上がる。うちは俺たちとおゆみの三人暮らしだ。そう気まずいこともないと思うんだが……」

その通りだった。年季奉公に上がれば、実家に戻ってくるのは盆暮れの藪入りくらいだ。

「よそ様の家で苦労すれば、その分気持ちも大人になる。そうすりゃ、真坊だっていつまでも子供みてえなことを言いやしねえさ」

おせいは辰次の眼差しに引き込まれるようにして頷いた。そこには女としてのおせいを求める男の情熱があり、それに応えたいと望むおせい自身の気持ちがあった。

びゅん！　空を切る音がした。

「……ッ！」

辰次が顔をしかめた。石つぶてが飛んできて、肩胛骨の辺りを直撃したのだ。ビックリしてそちらを見ると……。

真吉が立っていた。唇を引き結び、おせいと辰次を睨み付けて。

おせいは我が目を疑った。真吉は物心ついてから、人を傷つけるような、そんな乱暴をしたことは一度もない。それが辰次に石をぶつけるとは、実際に見ても信じられない思いだった。

「……真吉」

真吉は答えない。その代わり、美しい双眸（そうぼう）から涙が溢（あふ）れ出し、後から後から頬（ほお）を伝って流れた。それを見た瞬間、おせいは何故か、自分が石を投げて真吉にぶつけたような気持ちがした。

真吉は背中を向け、一散に走り出した。

「真吉！」

おせいは辰次に何か言い置く余裕もなく、真吉の後を追った。

真吉は二人の住んでいた長屋に駆け込んだ。おせいが入っていくと、真吉は座敷の隅で両膝を抱え、肩を震わせて泣いていた。

おせいは後ろからその肩に手を置いた。

「おっ母さん！」

真吉は振り向き、おせいに抱きついた。おせいは細い身体を抱きしめて、優しく背中を撫（な）でさすった。

「どうしておいらじゃダメなの？」

泣きじゃくりながら、真吉は訴えた。

「どうしておいらと二人じゃ幸せになれないの？　どうしてなの、おっ母さん？」

「真吉……」

そんなことはないよ……声に出さずにおせいは言った。お前さえいてくれたら、それでおっ母さんは幸せだよ。

胸にこみ上げた疼きは、痛みではなく、甘く切なかった。その甘さと切なさの中で、おせいは幸福に酔い痴れた。

そのとき、しびれた頭の片隅で、おせいははっきりと悟ったのだ。どんな男も真吉にはかなわない。この世に真吉に勝る男はいない。この先どんな男が現れようと、真吉ほど激しくおせいを求め、純な気持ちで想ってくれることなどあり得ない。

真吉を抱きしめながら、おせいの顔は女から母に変わった。それから今日まで、ずっと母の顔で生きてきた……。

これで良かったんだ。

おせいは深く溜息を吐いた。それからのろのろと髪に手を遣り、辰次にもらった銀簪を引き抜いた。

辰次さん、ありがとう……。

名残を惜しむように、じっくりとその細工を眺めた。それから簪を下に置き、手拭いで包んだ。

堀留の俊六は乾いた泥の付いた手拭いを、ためつすがめつ眺めていた。

三光稲荷の隠し売女殺しと柳原土手の夜鷹殺し、この二つの殺しの下手人が同じ野郎だとは、俊六も神崎兵庫も考えが一致していた。そして、さしあたっての手がかりは夜鷹が握っていた手拭いだった。夜鷹が被っていた手拭いは、地べたに落ちていた。殺されるときに無我夢中で抗って、下手人からむしり取ったのだろう。固く握りしめていて、下手人は取り返すことが出来なかった。殺された女の執念が残してくれた手がかりと言っていい。

手拭いは何度も水をくぐってくたびれていたが「さの屋」の屋号が入っていた。さの屋は日本橋にある味噌屋で、手拭いは二年前に店を建て替えた際、顧客を始め取引先、出入りの職人らに配ったものだった。全部で千本染めさせて、開店から三日間は店に来た客全員に配ったというから、誰が所持しているか調べようがない。

残る手がかりはこびりついた泥だった。下手人は泥にまみれるような仕事をしているのだろうか？　しかし、それだけでは雲を摑むような話だ。馬子や駕籠かき・

大工・石工・左官・人足はもとより、行商・物売りの類は泥と埃に無縁ではない。

あれ以来、手下たちをあちこちの普請や地ならしの現場に回らせ「さの屋の手拭いを持っている男はいないか」と聞き込みに当たらせたが、今のところ何の成果もない。江戸には掃いて捨てるほど人足がいるのだから、無理もない話だった。

俊六とて部下を走り回らせて、一人のんびり構えているわけではない。さの屋が手拭いを配った得意先や取引先に出向いて、心当たりはないか聞き込んでいる。成果がないのは手下と同じだったが。

その日は三軒の商家を回った後で、一休みしようと通り沿いの茶店に腰を下ろした。すぐに赤い前垂れを掛けた十三、四の小女が注文をとりに来た。

「ねえさん、茶を」

隣の床几に置いてあった煙草盆を取り寄せ、煙管を出して一服点けた。

ゆっくりと煙を吐きながら見るともなしに通りを眺めると、はす向かいに普請中の商家があった。足場を組んであるが既に建前は終わり、左官が外壁に漆喰を塗っている。漆喰は耐火性と耐久性に優れているため、裕福な家の壁や土蔵は漆喰塗りだ。

そういや昔、江戸中の建物が塗り直された時期があったとか……。

いつか誰かの言った与太話を思い出したとき、不意に気が付いた。今現在出入りは絶えていても、二年前のさの屋の普請に関わった人足や職人たちは、店から手拭いをもらったのではないか……と。

　俊六は紙入れから茶代と心付けの小銭を出し、床几に置いて立ち上がった。


「ねえさん」

　店先におとせの姿が見えないので、おせいは中に入って奥の座敷に声をかけた。御不浄（はばかり）にでも行ったんだろうか？

「ちょいと、上がらせてもらいますよ」

　二度声をかけても返事がないので、おせいは下駄（げた）を脱いで座敷に上がった。店先で話せることではない。

　今日、横網町（よこあみ）を訪ねたのは気の重い用事だ。せっかく取り持ってもらった辰次との縁を断らなくてはならない。おとせはきっとがっかりするだろう。それでも、きっぱりと決心を告げて、片を付けなくてはならないのだ。

　座敷にはちゃぶ台が出してあり、上には開いた菓子折と湯呑（の）み茶碗、急須（きゅうす）が載っている。茶を飲んでいる最中にちょっと中座したような格好だ。

「……不用心だねえ」

奥の間の障子を開けて、おせいはギョッとして立ちすくんだ。おとせがうつぶせに倒れている。

「ねえさんッ!?　しっかりして！」

すぐに抱き起こそうとして、おとせが息をしていないのに気が付いた。手首に触ったが脈がない。

そんな、そんなバカな……!?

おせいは声にならない叫びを発して、夢中でおとせの身体を揺すぶった。痩せぎすの身体はまだほのかに温かかった。それなのに、二度と目を開けることはなかった。

それからのことは頭にぼんやり霧が掛かったようで、後になるとよく思い出せない。表に飛び出して隣家や向かいの家に知らせたはずなのだが、その辺の記憶がぷっつり途切れている。

町役人や大家、医者、土地のご用聞きなどがやってきて、おとせの遺体を布団に寝かせ、あれこれ世話を焼いてくれたのは、おぼろげながら覚えている。駆けつけた医者は「心の臓が弱っていたのだろう」という見立てだった。身体に何処も傷がないので、他に死因の見当が付かないというのが本音だろう。「身内に知らせるように」と言われたが、おとせは既に親兄弟と死に別れ、子供もいない身の上で、身内と言えるのはおせいと真吉くらいだった。

「それじゃあ、早く倅さんに知らせた方が良い。葬式は、うちの店でキチンと出すから、おかみさんは心配いらないよ」

人の好さそうな大家は親切にそう言った。

「何から何まで、あいすいません」

おせいが手をついて頭を下げると、大家は軽く手を振った。

「いや、実は、いつかこんなこともあるだろうからと、おとせさんは前もって葬式代を預けておいてくれたんだよ。ほんとに、最後までしっかりした人だった」

葬式の支度や役所への届け出のために、大家も町役人もご用聞きもいなくなった。一人残されたおせいは、まだ悪い夢を見ているような心持ちで、おとせの遺体の傍らに座り込んでいた。

ふと、部屋の片隅に押しやられた菓子折が目に止まった。いざっていって見ると、仲見世にある金龍山の浅草餅だった。名前は餅だが揚げ饅頭である。

真吉と三人で夕餉を食べたときの、楽しそうなおとせの声が耳元に蘇った。

「人間五十年。いざお迎えが来たときに、饅頭喰いたい、きんつば喰いたいで未練が残ったら、みっともないじゃないか。これからはうんと好きな物を食べることにするよ」

……そうだよ、ねえさん。まだまだ他にも食べたいものがあったろうにね。

するると、おとせがもうこの世の人でなくなってしまったという事実が、身を切るような痛みと共に迫ってきた。

不意に涙が溢れ出した。おせいは両手で顔を覆い、畳に突っ伏して声を上げて泣き続けた。

おとせの亡骸は夫や弟の幸吉と同じ寺に葬られた。

身寄りは少ないが、面倒見が良くて気さくな人柄だったせいか、表店はもとより裏店の住人や商売仲間も集まってくれて、葬式は賑やかだった。

「もう少し長生きして、長崎から帰って立派なお医者になった姿を、ひと目見てもらいたかったねえ」

墓に花と線香を供え、おせいは手を合わせてつぶやいた。

「その代わりに、おばさん、今度はあの世から見守ってくれてるよ。お父っつぁんと、おじさんも一緒に」

「……そうだね」

おせいはつい空を見上げた。

「今頃はきっと、夫婦仲良く暮らしてるだろうね」

「確かおじさんが死んだのは三十二だから、おばさん、姉さん女房になってるのかな？」

「そんなことありゃしないよ。きっと夫婦になったときと同じ、十六と十八に戻ってるさ」

真吉が軽く笑いを漏らした。

「そううまくいくかなあ」

「いくともさ。あたしだってあの世でおまえのお父っつぁんに会うとき、向こうが若いままでこっちが婆さんだったら困るからね」

真吉が大袈裟に吹き出し、おせいも釣られて声を立てて笑った。

真吉はふっと笑いを収め、おせいの髪に目を凝らした。

「おっ母さん、あの簪は？」

「返すことにした」

「えっ？」

おせいはにっこり笑顔になって、きっぱりと言った。

「おっ母さんはね、これから先も、おまえのおっ母さんだけで良いんだよ」

真吉は息を呑んだような顔になり、怖いほど真剣な眼差しでおせいを見つめた。

「おっ母さん……」

おせいの両肩に真吉の手が置かれた。

「俺、一生大事にするよ。誰よりもおっ母さんを大事にする」

おせいはくすぐったいような気持ちで小さく頷いた。

「長崎から帰ってきたら、一緒に暮らそう」

「だって、それは……」

芳斎の一人娘との縁談はすでに聞かされていた。それはつまり、西本芳斎の婿養子になるに等しい。おせいはこの先、真吉と一つ屋根の下では暮らせないだろうと覚悟していた。

「長崎から帰ったら、芳斎先生の家は出るつもりだ」

「でも、それじゃ……」

おそらく芳斎も許嫁も納得するまい。

「大丈夫さ」

真吉はこともなげに言い放った。

「俺はずっとおっ母さんと一緒だよ」

その目は自信に満ちて、一点の曇りもなく輝いていた。おせいは身体中を温かい液体で満たされるような心地がして、うっとりと目を細めた。


月が六月に切り替わった日のことだった。

夜に入って診療所を閉め、啓明塾(けいめい)では寄宿する塾生たちが夕餉の最中だった。

その光景は壮観だった。台所の板の間に二十人近い若い男がずらりと並び、みな黙々と飯をかき込んでいる。漬物と味噌汁の他には煮物が一品あるだけだが、飯はお代わりし放題なので、みなドンブリで何杯も食べる。

おさきともう一人の女中が給仕をしていた。

「お代わり」

真吉がドンブリを差し出し、おさきの給仕盆に置いたとき、勝手口から駆け込んできた者がいる。

「せんせいッ!」

寺子屋に通ってくる喜一(きいち)だった。

「どうしたの、こんな遅くに?」

　おさきが尋ねたがそれには答えず、喜一は真っ直ぐ真吉の前に走っていった。

「先生、おきみがいないんだ！」

　喜一は途方に暮れたように半ベソをかいている。真吉は箸を置いて中腰になった。

「いないって、おまえ、一緒に家に帰ったんじゃないのか？」

　今日もまた、寺子屋が終わってからも、喜一とおきみの兄妹はぐずぐずと真吉にまとわりつき、おさきに叱られて日暮れ前にようやっと引き上げたのだった。

「おいら、途中で仲間と会って、神社で相撲取ってて……」

　遊び疲れて家に帰り着くと、とっくに帰っているはずのおきみの姿がない。一緒に寺子屋へ行ったきり、まだ帰っていないという。驚いた両親はおきみを探しに行き、喜一も矢も楯もたまらず家を飛び出したのだった。

「わかった」

　真吉は立ち上がり、おさきを振り向いた。

「おさきさん、提灯を借ります」

「はい」

　おさきは素早く勝手口に降り、竈の火を蠟燭に灯して提灯に立てた。

「飯が終わったら、俺たちも探しに行きます」

台所にいた塾生たちも声を揃えた。

誰も思うことは同じだった。四月に若い女が二人殺された事件は、いまだに下手人が挙がっていない。しかも一人が殺されたのは近くの柳原土手だ。幼い子供が暗くなってからウロウロしていたら、物騒なことこの上ない。

真吉は喜一を伴って、表に飛び出した。

喜一の家は神田川を渡った北側の、佐久間町一丁目の長屋だった。とりあえず神田川の南側、啓明塾のある豊島町に近い柳原土手を探すことにした。古着屋が店を畳んだ後は人通りも絶えて寂しく、草の生い茂った原っぱが続いている。どこかで迷子になっているのかも知れない。

「おきみー!」

真吉も喜一も声を張り上げ、原っぱを歩いたが返事はなかった。

「おきみちゃ〜ん」

遠くでかすかに女の声が聞こえた。川の向こう岸でも、長屋の住人が総出で探し回っているのだろう。土手に上って目を凝らすと、暗闇の中に提灯の光がぽつん、ぽつんと浮かんでいる。

真吉は足元に目を落とした。そのまましゃがみ込み、提灯を近づけた。草原の中に布のようなものが見える。拾い上げると守り袋だった。

「おきみのだ！」

喜一が叫んだ。

真吉は周囲を見回した。土手下の川原に掘っ立て小屋が建っている。今にも壊れそうだが雨風だけは辛うじて防げるだろう。屋台店の主たちが一時、道具や材木をしまっておくのに使っているのかも知れない。

真吉は喜一を連れて小屋に近づいた。

「ここで待ってろ」

振り返って言うと、ガタピシ鳴る戸を開けた。

「おきみ、いるか?」

提灯を掲げ、中を照らした。古い木っ端や筵、網、縄などが乱雑に置いてあるのが見える。そして……。

真吉は提灯で一点を照らしたまま、じっと動かなくなった。

「せんせい……?」

喜一が入口から覗き込み、声をかけた。それでやっと我に返ったように、あわてて喜一に走り寄った。

「……おきみ？」

真吉の身体で視界をふさがれた格好になったが、それでも喜一は投げ出された小さな手をはっきりと見定めた。

「おきみ！」

「見るな！」

真吉は喜一を抱きしめて小屋の外に押し戻したが、遅かった。

「おきみーッ！」

喜一は悲鳴のような声で、何度も妹の名を呼んだ。真吉はただ必死にその身体を抱きしめた。

地面に落ちた提灯が、赤い炎を上げて燃え立った。


少女の遺体は啓明塾に運び込まれた。

西本芳齋による検死が終了した頃、町役人に案内されて堀留の俊六と神崎が現れた。

「おい、やっぱりこいつは、三光稲荷と夜鷹殺しと同じ下手人の仕業じゃねえのか？」

神崎はじろりと俊六に目を向けた。

俊六は押し黙ったまま、少女の遺骸を見下ろしていた。

外聞を憚る内容でもあり、俊六は誰もいない診療所の一室に通され、芳齋から検死の結果を聞くことになった。

少女は陵辱された上に絞め殺されていた。殺されたのは暮れ六ツ（午後六時）の前後ではないかと推察される。およそ判明しているのはそのくらいだった。

「この度は、まことにお手数をお掛けいたしやした」

俊六は神妙に頭を下げた。

「では、後のことはこの真吉からお聞きになるように」

二人きりになった部屋で、俊六は真吉と向かい合った。

「若先生、手間を取らせて申し訳ねえ。何しろ両親はすっかり取り乱しちまって、まともな話は聞けそうにありませんで」

「私でお役に立つことでしたら、何なりと」

真吉は悄然とした面持ちで答えた。

「殺された女の子をご存知で？」

「寺子屋に通っていた子です。兄と一緒に……」

「もう、長(なげ)えんで？」

「いえ、この四月から。……兄にくっついて遊びに来るうちに、門前の小僧で。覚えが良いので、一緒に教えることにしました」

それから俊六は次々に問うた。普段はどんな様子か、今日は何か普段と変わった様子はなかったか、仲良くしていた子は誰か、等々。

真吉は思い出せる範囲で正確に答えたが、幼い子供の生活ぶりなど大して変わったことのあるはずもない。事件の手がかりになりそうなことなど、およそ摑めそうになかった。

「……そうですかい」

あらかた聞き終わって、俊六はつい溜息交じりに返事した。

真吉は意を決したように顔を上げ、再び口を開いた。

「親分さん、おきみは利発でしっかりした子でした。伊勢町(いせちょう)堀で小さい子が殺された一件もあったことだし、親も気を付けるように言っていたはずです。それが、どうしてこんなことに……」

「いくら利発な子でも、大人の悪知恵にゃ勝てませんや」

俊六はそう言いながら、どうにもやりきれない思いに胸をかきむしられていた。

その六　暗闇の凶行

　陽の当たらない裏長屋で、おきみの弔(とむら)いは簡単に行われた。小さな棺(ひつぎ)の上には守り袋が載せられていた。その生地の赤だけが、煤(すす)けた暗い家の中で、ただひとつの華やかな色彩だった。

　弔いが済むと、小さな棺は大八車に載せられて焼き場に向かった。長屋の住人以外の人たちも、幼い少女の無惨(むざん)な死を悼(いた)んで集まっていた。真吉(しんきち)は見知らぬ人々に交じって長屋の前の道に並び、その貧しい野辺(のべ)送りの行列を見送った。

　がっくりと肩を落とした両親(ふたおや)は半病人のようだった。喜一(きいち)は真っ直ぐ前を向き、口を真一文字に引き結んで、必死に涙を堪(こら)えていた。真吉の前を通り掛かったとき、目と目が合った。喜一の目に涙の粒が盛り上がった。

真吉は思わず人の列から飛び出し、喜一を抱きしめた。

「……先生」

くぐもった声を聞きながら、真吉は背中に回した手で優しく肩を叩いた。それに応えるように、喜一も黙って頷き返した。

喜一は真吉から離れ、再び葬列に戻った。その健気な姿に、見送る人々の間から、耐えかねたように泣き声が起こった。


「提灯を借りるよ」

勝手口に降りてきた真吉の声に、おさきは洗い物の手を止めて振り返った。

「どこへ行くの？」

まだ塾生たちは夕餉を食べている最中だった。

「ご飯、まだ途中でしょ？」

「見回りに行ってくる」

「え？」

だが、真吉はおさきにかまわず、さっさと提灯に蠟燭を灯すと、表へ出ていった。

「待ってよ」

おさきはあわてて後を追った。おきみの弔いから帰ってから、真吉の様子がおかしくなっているようで、気になっていたのだ。

「ねえ、見回りって、何処へ行くのよ？」

「分からない。あっちこっち」

「急に、どうしたの？」

「おきみを殺した奴が、まだ何処かをうろついているんだ」

「心当たりでもあるの？」

「いや」

「それじゃあ……」

無駄じゃないの……と言おうとして、口をつぐんだ。そんなこと、真吉だって言われるまでもなく分かっているはずだった。おさきは真吉の前に立ち、同情を込めて頷いた。

「ねえ、真吉さん。気持ちは分かるけど、それはお上のすることよ。真吉さんが当てもなく歩き回ったって、下手人が見つかるとは思えないわ。そんなことより、真吉さんにはやるべきことがあるんじゃないの？」

「分かってるさ、そんなこと!」

やり場のない怒りを吐き出すように、大声になった。日頃の真吉ならこんな子供じみた真似は決してしてしない。おさきの前でなかったら、ありのままに激情を吐き出すことなど出来ない。そして、そんな真吉が、おさきは可哀想でならなかった。

「……辛いのね、真吉さん」

「もっと辛いのは殺されたおきみと、喜一の方だ」

真吉は見たくないものを見せられたように、顔を歪めた。

「ダメなんだ。医学書を読んでいても、芳齋先生の教えを受けていても、あの夜のおきみの姿が目の前に浮かんでくる。何かしていないと、どうにもたまらないんだ……」

真吉はおさきに背を向け、提灯の灯りに目を落とした。

「俺が医者になろうと思ったのは、人の命を救いたかったからだ。子供の頃に父親が死んで、母親は苦労のし通しだった。貧乏人は病気になったらお終いさ。だから医者になって、病気を治して、少しでも嘆き悲しむ人が少なくなるように……そう思った。それなのに、俺の目の前でおきみは死んでしまった」

真吉はそれに続く言葉を呑み込んだ。しかし、強張った背中が心中を物語っているようだった。

　おさきは手を伸ばし、そっと真吉の背中に触れた。背中の筋肉がぴくりと動いた。おさきは真吉の背中に頬を押し当てた。そのぬくもりが着物を通して身体の中にじんわりと染み通っていくまでの間、真吉とおさきは身動きせずにいた。

「……あたし、待ってる。風が吹くまで」

　おさきはほとんど聞き取れないほどの声で囁いた。

「行ってくる」

　後ろを振り向かないまま低い声で言い、真吉は夜の町へ出ていった。

「後は……甚八ですかねえ」

　左官の親方は腕を組み、眉根を寄せて必死に記憶をたぐり寄せた。

　俊六は二年前のさの屋の普請に関わった大工の棟梁から聞き込みを始め、左官の親方まで行き着いたところだった。とりあえず大工たちはみな手拭いが手元にあったので、下手人の疑いは免れた。これで左官職が全員シロとなれば、後は畳職、建具職、経師屋などを当たることになる。

「甚八というのは、今日は来てるのかえ？」

「それが、近頃は来たり来なかったりで。そんないい加減なこっちゃあ、いつまで経っても一人前（いちにんめえ）になれないって、言ってやったんですがね。野郎、すっかり自棄（やけ）を起こしやがって……」

苦虫を噛（か）みつぶしたような顔で答える。

「と、いうのは？」

「女でさあ」

親方の顔がますます苦くなった。

「よせばいいのに、茶屋の女に入れ上げて、夫婦約束をしたは良いが、結句、有り金をみんな巻き上げられて、女は情夫（まぶ）と雲隠れってわけでさ」

「……なるほどな」

それはうんざりするほどよくある話だった。

「所帯を持つときのためにと、見習いの頃からこつこつ貯めた手間賃を、ごっそりと」

「で、甚八の住まいは？」

「親父（おやじ）橋を渡った先の、堺（さかい）町の徳兵衛（とくべえ）店（だな）でさ」

俊六は思わずハッと息を呑んだ。

三光稲荷で殺された隠し売女おこま、その住まいも堺町の裏長屋だった。

「すっかり手間を取らせちまった。礼を言うぜ」

俊六は立ち上がり、弾むような足取りで堺町へ向かった。


夜に入っていくらか涼しくなってきた。開け放した戸口からわずかに風が入ってくる。

おせいは行灯の光を頼りに、せっせと針を進めていた。

「おっ母さん」

何の前触れもなく、土間に真吉が入ってきた。

「おや、まあ」

真吉は提灯を吹き消し、座敷に上がった。おせいはあわてて仕立物を脇へ押しやり、場所を空けた。

「今日はどうしたね？　往診の帰りかえ？」

この前顔を見せてからまだ十日も経っていない。

「見回りの途中なんだ」

「見回りって？」

湯呑みに麦湯を注いで出すと、真吉は美味そうに飲み干した。

「近頃女を殺し回っている下手人を捜してる」

「ええっ⁉」

「殺された子供は、啓明塾の寺子屋に通っていたんだ。謂わば俺の教え子さ。下手人が野放しになってるかと思うと、じっとしていられなくて」

おせいは何と言っていいか分からず、ただ心配そうに真吉の顔を見返した。

「芳齋先生にお許しをいただいて、日が暮れてから一度、見回りに出していただいてるんだ」

「でも、おまえ、そんなことして危なくないかえ？　柳原土手では夜鷹も殺されているんだよ」

「大丈夫さ。男は狙われない」

真吉は安心させるように言うと、クスッと笑みを漏らした。

「それに、見回りのついでにおおっぴらに家に帰ってこられる」

「そうだね」

おせいも釣られて微笑んだ。

「それじゃあ一休みして、水羊羹でもお上がり。お得意様からいただいた上物だよ」

「そりゃ美味そうだ」

おせいが手早く水羊羹を皿に盛って出すと、真吉は麦湯をお代わりして嬉しそうに頬張った。

「おっ母さん、その着物は何処からの注文？」

おせいが脇に退けた仕立物は黒無地の薄物で、着物にしては丈が短いから羽織らしい。

「ああ、これは……」

おせいはほんの少しばかり照れたように言った。

「おまえのだよ。十徳さ。長崎に持ってゆくと良い」

十徳は茶人や儒者、そして医者の正装のようなものだ。

「おっ母さん」

「少し気が早いかも知れないが、一枚くらいあった方が良いと思ってね。新しい単衣と袷も仕立てたんだよ。長崎では仕立て下ろしを着ておくれ」

真吉は居ずまいを正して座り直した。

「ありがとう、おっ母さん。一日も早く立派な医者になって、おっ母さんの縫ってくれた十徳を着せてもらうよ」

おせいは微笑んで頷いたが、頭の中では黒絽の十徳を着た真吉の姿を思い描き、きっとこの世の誰よりも立派に見えるだろうと、晴れがましい思いで悦に入っていた。

日本橋一帯には職種がそのまま町名になったような職人町と、大店のひしめく問屋街、商店街が広がっているが、日本橋川の下流域にはかつて吉原があり、芝居町も栄えていた。明暦の大火（一六五七年）後、吉原が浅草に移転した後も、堺町と葺屋町には、芝居小屋や芝居茶屋、仕出し料理屋などが軒を連ね、大いに賑わっていた。役者や裏方も周囲に集まり住んだので、岩代町と堺町の間の道は楽屋新道と名が付いたほどだった。

ところが天保十二（一八四一）年の秋に中村座から出火し、付近一帯が全焼した。追い打ちを掛けるように、改革を断行する老中水野忠邦の意向で、わずか二年のうちに芝居小屋はすべて浅草に追いやられてしまった。

それから十六年、今ではかつての面影は見る影もない。顔見世興行の幕が開くと、伊勢町堀と並行する水路・東堀留川に架かる親父橋のたもとは、江戸中の舟が漕ぎ寄せてきたかのように、舟で埋まったものだったのに。

芝居者はそっくり出ていってしまったが、堺町では今も小さな商店がちまちまと商売を営んでいる。北側の新乗物町や新材木町に大きな問屋が並んでいるのとは対照的だ。路地裏には長屋があって、貧乏人がひっそり暮らしている。

長助店も、そんな裏長屋の一つだった。

「暗くならないうちに帰ってくるんだよ」

「うん」

母親の声を背中で聞いて、おてるは外に飛び出した。

貧乏人の子沢山というが、おてるは一人っ子だった。父は鋳掛け屋で、鞴をかついで町を流して歩き、穴の開いた鍋釜の修理をする。朝家を出て、帰ってくるのは日が暮れてからだ。母は毎日袋貼りの内職をしている。だから家にいてもつまらない。

表に出れば誰かしら遊び仲間がいる。おままごとより、近くの杉森稲荷でかくれんぼや鬼ごっこをする方が好きだった。遊んでいると時の経つのを忘れて、すぐ日が暮れてしまう……。

この日もいつものように、おてるは神社の境内で仲間たちと夢中で走り回った。

そして、日が暮れてからも帰らなかった。

女は終い湯の帰りだった。時刻はすでに戌の刻（午後八時）を過ぎ、辺りはすっかり暗くなっていた。それでも住まいのある田所町はほんの目と鼻の先、通い慣れた道だから怖いことはない。

天水桶の前を通り過ぎたときも、その陰から男が飛び出してこようとは夢にも思わなかった。人間は咄嗟の場合は思わず息を呑んでしまう。だから女も悲鳴を上げる前に、男に摑みかかられてしまった。

「……！」

それでも女は気丈だった。男の股間に膝蹴りを喰らわせ、怯んだ隙に身を振りほどいた。

「だれかーッ！」

逃げようとしたがすぐ追いつかれ、男の腕が首に巻き付いた。

「おい、何をしているッ⁉」

不意に怒声が響き、庄助屋敷の辻から提灯の光が現れた。男はあわてて女を離し、逃げ出した。

女はその場にへなへなとくずおれたが、提灯の持ち主はそのまま男を追って疾走した。地面に落ちた提灯がめらめらと燃え上がる傍らで、女はもう一度声を張り上げ、助けを求めた。

その声に近所の家から住人が顔を出し、ぞろぞろと表に出てきた。

「いやあ、若先生、お手柄でしたねえ」

自身番の座敷で、堀留の俊六は感嘆したように真吉を眺めた。

「いえ、私一人では何も。近所の人が応援に駆けつけてくれたからですよ」

「ご謙遜だ。なかなか出来るこっちゃありませんぜ」

真吉は片肌を脱いで、備え付けの膏薬を貼っていた。格闘になってあちこちにすり傷を作ったが、幸いにも軽症ばかりだ。刃物を持っている相手なら、これでは済まなかっただろう。

「それにしても、良い塩梅にあそこを通りなすった」

「本当にたまたまです。このところ、陽が落ちてからあちこちを見回って歩いていたんです。おきみを殺した奴がうろついているんじゃないかと思うと、じっとしていられなくて……。今日は三光稲荷の近くを見回って、帰る途中でした」

俊六は柳原土手で殺された幼女が、真吉の教える寺子屋に通っていたと聞かされたことを思い出した。

「それは感心なことで……」

真吉は土間の隅で縄を打たれている男を眺めた。顔は薄汚れ、月代も髭も伸びているが、まだ若い。着物は垢じみているが、体つきはたくましく陽に焼けている。こんなに薄汚れる前は、それなりに見られる容貌だったのではないかと、余計なことを考えた。

真吉の視線に気付いたのか、俊六もじろりと男を見遣った。

「甚八って左官でさ。堺町の長屋住まいで、三光稲荷で殺された女とは別の長屋ですが、顔くらいは見たことがあるかも知れやせん」

惚れた茶屋女にだまされて、有り金そっくり巻き上げられた挙げ句に捨てられたのだと、俊六は簡単に付け足した。

「奴の長屋に踏み込んだときはもぬけの殻で。それから三日、今まで何処に潜んでいやがったのか……」

いずれにしても相当自棄を起こしているのだろうと、俊六は甚八を見て思った。最初の殺しの現場付近に戻ってきたことでも分かる。逃げ切れないと覚悟して、一人でも多く女を殺して逆恨みを晴らそうとしたのだろうか。

「親分、おきみを殺したのはあの男ですか？」

真吉は声をひそめて尋ねた。

「そいつぁ、身体に訊いてみやしょう」

俊六は腰を上げると土間に降り、甚八の前に立った。

「三光稲荷と柳原土手で女を殺ったなあ、テメエだな？」

甚八はふて腐れたように横を向いた。

「手間取らせるんじゃねえ。今のうちに洗いざらい吐いちまいな」

俊六は腰を落とすと甚八の襟を大きくはだけた。柳原土手で殺された夜鷹は激しく抵抗して、爪の間には血の塊が残っていた。下手人も傷を負ったはずだった。

俊六は甚八の首や胸板に目を凝らしたが、それらしき傷痕は確認できなかった。すでにひと月以上経過しているので、引っ掻き傷なら完全に治癒していて不思議はない。それに真っ白い肌なら傷の痕跡が見分けられるかも知れないが、真っ黒に日焼けした肌ではどうにも見分けが付かない。

「親分、神崎の旦那がお越しでござんす」

手下に続いて、神崎兵庫が自身番に入ってきた。六月から月番は北町奉行に替わっている。

「俊六、夜鷹殺しの下手人はこいつか？」

俊六は「へい」と答えて頭を下げた。

「三光稲荷で女を殺したのも、こやつに間違えねえようで。手口がそっくりでござんすからね」

「そうか」

神崎は甚八をギロリと睨み付け、一歩甚八に近づいた。

そのとき、付近を捜索させていた幹太が血相を変えて自身番に駆け込んできた。

「お、親分、てえへんだ！」

「なんでえ？」

幹太は震える指で背後を示し、上ずった声で告げた。

「和國橋の橋桁に、女の子の死骸が引っかかって……」

「なんだと⁉」

「堺町の長屋で、夕方から女の子の姿が見えないってんで、近所の連中が探してたんでさ。そしたら、今さっき……。そりゃあもう、惨えありさまで」

幹太はあとの言葉を呑み込んだ。俊六はきっと甚八を睨んだ。

「てめえか？」

「し、知らねえ！」

甚八はふて腐れた態度から一転、明らかに動揺した。

「とぼけるな！　手当り次第に女を手にかけやがって！」

幹太が怒鳴った。

「俺ァ、知らねえ！　ほんとだ。子供なんか、知らねえよ！」

俊六は幹太に目を戻した。

「子供の身元は？」

「へい。長助店の鋳掛け屋、文次の娘で名はおてる。年は七つだそうで」

俊六はもう一人の手下を振り向いた。

「こいつを奥の牢にぶち込んどけ。幹太、旦那をご案内しろ」

自身番は三畳の座敷の奥に三畳の板の間があり、格子がはめてある。そこは留置場として使われていた。

「親分」

真吉は片膝を立てて腰を浮かせた。

「私もお供させて下さい。お役に立てることがあるかと思います」

「そりゃありがたい。よろしく頼みますぜ、若先生」

俊六と神崎に続いて、真吉も自身番をあとにした。

和國橋は東堀留川に架かる橋の一つで、橋を挟んで西が堀江町、東が新材木町になる。すぐ北に西方河岸があり、川に面して倉がびっしりと建ち並び、その流域は問屋街になっている……伊勢町堀の周辺とそっくりだった。

川から引き上げられた幼女の死体には筵がかけられ、両親が取りすがって泣いていた。とくに母親は身を揉み、声を振り絞って、半狂乱に近い。

俊六は同じ悪夢を見せられているような気がした。おてるの死顔に伊勢町堀から引き上げられたおみちが重なり、さらに柳原土手で殺されたおきみの姿も脳裏に蘇った。

「おかみさん、すまんがちょいと邪魔するよ。蘭方の偉い先生が、おてるちゃんの亡骸を診て下さる」

母親はハッと顔を上げ、真吉を振り向いた。

「若先生……。おてるは、おてるは先生のお陰で元気になれたのに……おてるは……」

真吉は言葉もなく、ただ頭を下げるしかなかった。

「さ、退くんだ。先生のお邪魔をしちゃならねえ」

　亭主も目を泣き腫らしていたが、気丈に女房を遺体から引き離し、離れた場所へ連れて行った。

「先生、ご検死をお願えしやす」

　俊六は場所を譲り、真吉を促した。

　真吉は一瞬顔を強張らせたが、短く目を閉じて合掌すると、あとは医者らしく感情を表さずに死体を検めた。その間中、幹太が提灯で真吉の手元を照らした。

　真吉はおてるの着物を直すと再び合掌し、筵をかけてから俊六に向き直った。

「殺されて、まだ間がありません。一刻とは経っていないでしょう」

　俊六の見立ても同じだった。おてるも無惨に陵辱され、手で絞め殺されていた。

　神崎はおぞましげに顔をしかめた。

「けだものが！　年増から子供まで見境いなしじゃねえか。いったい何人殺めりゃ気がすむのか」

「まったくで」

　俊六は、俯いて唇を嚙んでいる真吉に尋ねた。

「若先生、下手人はどんな野郎だと思われやす？」

「さて、私には何とも……」

真吉は困ったように小さく首を振ったが、少し考えてから再び口を開いた。

「ただ、おそらくは何かに取り憑かれているのでしょう。それでなければ、こんなむごたらしい真似が出来るはずがありません」

俊六は頷くと、おてるの亡骸を見下ろしてじっと考え込んだ。

「俺は八人兄妹の三番目で、十になるやならずで口減らしのために奉公に出されて、それ以来親兄弟との縁は切れたも同然でやす。おちかに会って、店に何度か通ううちに、病気の母親とまだ小さい弟や妹を抱えて苦労してるって打ち明けられて……つい可哀想になったのが、ことの始まりでやした」

捕らえられた甚八は伝馬町の牢屋敷に送られる前に、自ら進んで一切を白状した。

「医者の払いが溜まっている、妹が奉公先でしくじって金が要る、弟が怪我をした、家賃が払えない……泣きつかれる度に金を用立ててやりました。でも俺はおちかと所帯を持つ約束をしていたから、金のことは気にしちゃいなかった。おちかは手頃な貸家を見つけてきて、夫婦になったら二人だけで暮らそうと……」

二人で家を見に行って、その帰りに家主に払う手付けをおちかに渡した。その直後、おちかは姿を消した。すべては作り話で、お店に奉公しているという触れ込みの二つ年下の弟が、実は情夫だった。

「行方を探したが、見つかるはずはありやせん。毎日、頭がおかしくなりそうでした。寝ても覚めてもおちかのことばかり思い出されて、いてもたってもいられねえんで……」

おちかのことを忘れようと、甚八は岡場所で女を買った。ところが、肝心のものがまったく役に立たなかった。そんな経験は初めてで、焦れば焦るほど萎縮してうまくいかない。呆れた女に冷たくあしらわれ、甚八は一人で悶々と悩み続けた。

不調はその日だけでは終わらなかった。身体は心を裏切って、一向に言うことを聞かなくなった。

「まるでおちかに金と一緒に盗まれちまったみてえに……」

そんなとき、志乃やの隣家の壁を塗っていて、甚八は偶然店の女が客を取っている様を見てしまった。その日から隣家の仕事が終わるまで、甚八はあられもない男女の姿を何度も見せつけられた。

自分から奪い去られた喜びが、手を伸ばせば届きそうな近さにある……そう思うと怒りと興奮がない交ぜになって、下半身を熱く滾らせた。

夜になって女たちが志乃やから家に帰るのを、甚八は表で待ち伏せた。店の外の提灯に、女たちの顔がほのかに照らされた。中の一人におちかに似た面差しの女がいて、甚八はそのあとを付けた。それがおこまだった。

甚八は三光稲荷でおこまを襲い、犯そうとした。ところが、いざとなると甚八の下半身はまったく反応しなかった。失望が怒りと絶望にすり替わって、甚八はおこまを絞め殺した。

すると、何ともおぞましいことに、その瞬間、久しく忘れていた力がみなぎってきたのである。甚八は無我夢中で死んだ女を犯した。

「……女には何の恨みもありやせん。それはよく分かっておりやす。ただ、苦しむ女の顔を見ていると、おちかに思い知らせているような気がしましたんで」

おこまを殺したときに、甚八は正気を失ったのかも知れない。いや、男の機能を失ったのと引き替えに、心の片隅で息をひそめていた魔物が解き放たれ、暴れ出したと言うべきだろうか。甚八は次の獲物を求めていた。

「夜鷹を殺ったときもおんなじで、胸がすうっとしやした」

その後しばらくの間、甚八は満足していた。町方による夜の見回りなども強化されたので、出歩くのは危険でもあった。だが、欲求は次第に大きくなり、六月に入ると抑えがたいほどに大きく膨らんだ。

　甚八は長屋を飛び出した。本能的に破滅が近づいているのを感じていた。追っ手がすぐそこまで迫っているような気がした。それならみすみす縄を打たれるのを待っていることはない。甚八はその日から町をさまよい、新しい、そして最後の獲物を探し求めた。

　そして……。

「申し訳ないことをいたしやした」

　甚八は憑き物が落ちたような顔で言って頭を下げた。これからのお裁きを恐れる風ではなく、安堵しているようにさえ見えた。

　それから甚八はきっと顔を上げた。

「旦那、死罪は覚悟しておりやす。ただ、やってもいねえ子供殺しの罪までかぶせられるのは、まっぴらで。あっしは子供を殺しちゃおりやせん！　まったく身に覚えのねえことでござんす」

その七　鬼子母神

幹太は提灯の光を頼りに、生い茂った雑草を分けて地面に目を凝らし、歩いてゆく。時折背後の俊六を振り返っては、「すいません、親分」と申し訳なさそうに頭を下げた。

「良いから、目ン玉ひん剝いて、しっかり探しな」

内心うんざりしながらも、そう答えるより仕方なかった。

ここは柳原土手で、時刻は五ツ（午後八時）になろうとしていた。夜鷹と幼女殺しの現場を見回りにやってきて、神田川沿いに和泉橋の辺りまで来たとき、幹太が「ない！」と素っ頓狂な声を上げた。虎の子を入れた巾着を落としてしまったという。

「浅草御門の前で夕飯を喰ったときは、確かにあったんですよ」

幹太はすっかり泣きっ面で、これでは仕事にならない。

「そんなら、来た道を引き返すよりねえな。今時分は人通りもねえから、誰かに拾われる気遣いもあるめえ」

そして新シ橋まで戻ったとき、幹太が歓声を上げた。

「あった！」

草むらに、紐の切れた巾着が落ちていた。幸い中身もそっくり無事だった。

「ずいぶんと運の良いこった。この真っ暗闇で落とした巾着が見つかっただけでもめっけもンだぜ」

「ああ、ありがてえ。神様仏様でさあ」

幹太は大袈裟に言って、満面に笑みを浮かべた。

「泣いた烏がもう笑ってらあ」

俊六は皮肉を言って付け加えた。

「今日はもう遅い。夜泣き蕎麦でも手繰って帰ろう」

「へへ。ごちになりやす」

夜泣き蕎麦の屋台に足を向けながら、俊六の頭にはふと別の考えが浮かんでいた。

本所深川の開発が進んだのは、江戸市中の大半を焼き尽くし、十万人もの死者を出した明暦の大火（一六五七年）の後のことだった。市街地を拡大し、防火対策のために大寺院を江戸の周辺に移転させる必要に迫られたのだ。

まず大川と旧中川を東西に結ぶ竪川が開削され、続いて大横川、横十間川、六間堀が整備された。本所の西半分は新興の武家地となり、東半分はそこに食糧を供給するための近郊農家が残った。だから本所には直参……旗本と御家人の屋敷がひしめいていた。

直参旗本五千石、御書院番頭内海丹波守義永の屋敷も俗に言う本所二ツ目、竪川に架かる二ツ目之橋の北側にある。内海家は立派なお屋敷だが、周辺には小さな御家人の住居も沢山あって、佐原平四郎と膳場小弥太の家もその中の一軒だった。

平四郎と小弥太が恭之介の腰巾着になったのは、啓明塾で同輩になったからではない。子供の頃からの習慣の延長なのだ。

その平四郎と小弥太が血相を変えて啓明塾の朝食の席に駆け込んできたのは、六月半ばのことだった。

　当惑気味の塾生たちには目もくれず、二人はずかずかと座敷に踏み込んで真吉の前に立ちはだかった。真吉も呆気にとられた顔で箸を置いた。

「真吉、きさま、恭之介殿を闇討ちしたなッ⁉」

　平四郎の言葉に、真吉はもとよりその場にいた者たちは一瞬耳を疑った。事態をよく呑み込めぬまま、真吉は問い返した。

「……闇討ちとは？」

「とぼけるな！」

「恭之介殿は昨夜、回向院の裏手で何者かに背中から刺され、虫の息で見つかって、そのまま骸となったのだ！」

　真吉はさすがに青ざめた。

「きさまの仕業であろう！」

「まさか……！　私は存じません！」

「きさまの他に、誰がおる！　武士なら堂々と立ち合うはずだ。きさまは剣術の心得がない。それ故に、卑怯にも背後から襲ったのであろう！」

「言い掛かりです。私はまったく身に覚えがありません」

「黙れ！　卑怯者！」

「この期に及んで、まだ言い逃れをするか！」

平四郎と小弥太が刀の柄に手をかけたとき、おさきが順平を連れて駆け戻ってきた。

「お待ち下さい！」

「おまえたち、この騒ぎは何事だ」

順平は大股で三人に近づき、真吉をかばうように前に立って、平四郎と小弥太の二人に対峙した。他の塾生たちは後ろに退いて、遠巻きにして眺めている。

「塾頭、昨夜、恭之介殿が……」

順平は片手を上げて説明を制した。

「事情は聞いた。しかし、何の根拠もなく、いきなり同じ塾生に嫌疑を掛けるとは、心得違いも甚だしい」

平四郎はぐいと顎を上げて順平を見返した。

「こやつは恭之介殿に長崎行きを邪魔されるのを恐れて、闇討ちしたのです。そうに違いありません」

「塾頭、それは言い掛かりです。私はまったく身に覚えがありません」

順平は後ろを振り向いて真吉に頷いてから、平四郎と小弥太に向き直った。

「確たる証拠もなく、むやみに人を疑ってはならぬ。おまえたちも医学を学ぶ者の端くれとして、そのくらいは弁えておろう。恭之介の死はまことに気の毒だが、下手人の探索は奉行所か、それでなければ目付の仕事だろう。我らの勤めではない」

だが、二人は引き下がらなかった。

「塾頭、真吉の部屋を調べさせて下さい」

「なに？」

真吉は長く大部屋に寄宿していたが、長崎留学が決まったのを機に、一室を与えられていた。

「何か証拠となる品を隠しているかも知れません」

順平はもう一度、真吉を振り返った。

「どうぞ、お気の済むように。私は何もやましいところはありません」

真吉は順平に向かって頷くと、きっぱりと言い放った。

平四郎と小弥太はそれを聞くと順平の返事も待たずに廊下に飛び出し、真吉の部屋へと向かった。遅れて真吉と順平が、さらにその後ろに塾生たちがぞろぞろと続いた。

平四郎と小弥太は押入を開け、中の荷物を畳に放り出した。その乱暴さに真吉も順平も顔をしかめたが、斟酌するような二人ではない。行李の蓋を開け、中の着物を引き出した。

　おせいが丹精して縫ってくれた着物だった。さすがに真吉が顔色を変え、ひと言口を出そうとしたときだった。

「これは何だ？」

　平四郎が行李の底から細長い緞子の袋を摑みだした。

「芳斎先生にいただいた守り刀の道中差しです」

　平四郎は脇差しを袋から出し、鞘を払った。

「こ、これは……！」

　みなの目が刀身に集中した。明らかに、血糊が付いていた。

　真吉は愕然として、大きく目を見開いた。

　平四郎は立ち上がり、真吉の目の前に刀を突きつけた。

「これでもまだ、シラを切るか！」

「ちがう……！　私は身に覚えがありません！　これは何かの間違いです！　私は知らない！」

　真吉は叫ぶように訴えた。同意を求めて必死に塾生たちの顔を見回したが、塾生たちの目は最前の曖昧さからにわかに疑いの色を濃くして、探るように見返したのだった。

順平だけが途方に暮れたような顔で真吉を見つめ、小さく震えていた。

豊島町の自身番では、界隈を縄張りとするご用聞きの柳原の吉五郎と、夜鷹殺しの下手人を挙げた堀留の俊六が額を寄せ合っていた。たまたま俊六が吉五郎の家を訪ねていたとき、啓明塾の下男から知らせがあって、一緒に駆けつけてきたのだ。

「……厄介なことになりやがった」

吉五郎は先ほどから三度も同じ台詞を言っては溜息を吐いている。川向こうは縄張り違いだし、殺しの現場が回向院の中なら受け持ちは寺社方だったが、生憎外は町方の受け持ちだった。しかし、殺されたのが侍なら、本来町方の出る幕はない。それがどうして貧乏くじを引かされて、こんな厄介な一件に引っ張り出されなくてはならないのか、得心できない。

「なんだってホトケの家じゃ、ことを内々に始末しなかったんでぇ」

武士が街中で殺害されるなど不名誉この上ない。監督不行届として家が咎めを受けることさえある。それを嫌って、武家では不祥事を表に出さず、死者は病死として届けるのが常なのだ。恭之介の場合も、本来なら騒ぎになる前に家人が死体を家に運び込み、すべてをなかったことにするはずなのに。

「場所が悪かったんでさ。回向院の周りは朝早くから人通りが多くて、大騒ぎになっちまった。隠しようがなかったんでやしょう」

「それにしてもなあ……」

吉五郎はまた溜息を吐いた。

「侍の生き死にに、町方の出る幕はないだろうによ」

「まあ、侍同士なら良かったんでしょうがねえ」

真吉は町人なので、町方に訴えがあれば取り上げざるをえない。

「しかし、あの若先生がねえ……」

俊六は独り言を言ってちらりと座敷牢に目を走らせた。真吉は自身番に引き立てられてきたときから、青ざめてはいたものの取り乱した様子は見せなかった。今も座敷牢の中で端然と座っている。

そこへ、小者に案内されて神崎兵庫が現れた。

「ご苦労様でごぜえやす」

俊六も吉五郎も素早く頭を下げ、前を開けた。神崎は座敷牢の真吉をじろりと一瞥して、仏頂面をいっそう苦くした。

「妙なことになってるじゃねえか。下手人は甚八を捕めえたあの医者だってな」

「へえ……」

　俊六が冴えない顔で経緯を説明した。

「前々から、殺された侍に因縁を付けられていたんだそうで」

　真吉の荷物の中から血の付いた脇差しが出てきたことを話すと、神崎がぴくりと眉毛を動かした。

「……なるほど」

「おまけにあの医者は、殺しのあった刻限に居所が知れねえんで。今朝に限って朝帰りをしておりやす」

「ほほう」

　恭之介は昨夜、平四郎と小弥太を連れて深川の岡場所で遊んでいたが、五ツ過ぎに「ちょっと用事がある」と一人で先に帰った。恭之介が払いを済ませてくれたので、二人はそのまま遊んで夜更けになってから家に帰った。

　夜が明けた頃、回向院の裏手を通り掛かった浅蜊売りが、虫の息で倒れている恭之介を見つけて大騒ぎになり、この事件が付近一帯に知られることになったのだった。

つまり、恭之介が刺されたのは宵の五ツ（午後八時）から夜明けまでの間ということになる。

「あの医者が言うには、昨夜は夕刻から見回りに出て、根岸の方まで足を延ばしていたら、道端で癪に苦しんでいる年寄りに出くわした。捨ててはおけないので近くの百姓家に運んで、看病がてら泊めてもらい、朝、町木戸が開いてから帰ってきたと。しかし何度聞いても相手の素性が何処の誰やらさっぱりで、それじゃ確かめようがありませんや」

神崎は腕組みをして眉間にシワを寄せた。

「で、脇差しについちゃあ、何と言ってる？」

「知らぬ存ぜぬの一点張りで。あの脇差しは大先生にいただいてからずっと、守り刀として行李の中にしまっておいた。一度も出したことはない。それがどうしてべっとり血が付いているのか、自分には皆目見当が付かぬ……と」

「……ふうむ」

「空ッとぼけてんでさ。さっさと八丁堀へ送っちまいましょうよ。大番屋で叩きに掛けりゃ、何もかも白状いたしますって」

幹太が横から口を出したが、神崎も俊六も頷かない。困惑気味に互いの顔を見合わせただけだった。

「甚八召し捕りには功のあった者だ。申し立てていることがあるなら、一応は裏を取ってやらずばなるまい」

「へえ、旦那。あっしもそのように考えておりやす」

そこへ、腰板障子を乱暴に開けて、女が駆け込んできた。

「真吉！」

「おっ母さん！」

真吉は自身番に来てから初めて動揺を見せ、牢屋格子に取りすがった。

「おい、勝手な真似をするねえ」

座敷牢へ駆け寄ろうとするのを吉五郎に阻まれ、おせいはやっと我に返って、そのまま土間に両手をついた。

「お役人様、親分さん、これは何かの間違いでございます！　真吉は決して他人様を殺めるような子ではありません。人の命を助ける、医者でございます！」

「それがどう血迷ったか、大それたことをやっちまったのよ。気の毒だが、お調べの邪魔だ。帰んな」

吉五郎の言葉におせいはきっと顔を上げ、同心とご用聞き二人の顔を順番に見ていった。

「濡れ衣でございます。真吉は下手人ではございません！」

俊六はおせいの様子を見て取った。真吉の母親なら四十近い年だろうが、ずっと若く見える。美人というのは言い過ぎだが、人好きのする顔立ちだった。優しさ、人の好さ、正直さ、そんなものが自ずと表情に表れているからだろう。

俊六は神崎に黙礼して言った。

「倅と話をさせてやってもよろしゅうござんすか？」

神崎も黙って頷いた。

「おかみさん、そういうわけだ。上がって良いぜ。ただし、長居は出来ねえよ」

「ありがとうございます！」

おせいはもう一度土間に額をすりつけると、立ち上がって下駄を脱ぎ、座敷牢へ駆け寄った。

「おっ母さん！」

おせいは格子越しに、差し出された真吉の手を握りしめた。縄を打たれておらず、見たところ痛めつけられた様子もないので、まずは胸を撫で下ろした。

「俺は何もやっちゃいない。信じてくれるだろう？」

「当たり前さ。おっ母さんには分かってる。とんだ濡れ衣だよ」

真吉は安心したようにホッと溜息を漏らした。

おせいは真吉の手を握る指に力を込めた。

「真吉、どうすれば良い？　どうすれば身の証が立てられるんだえ？　おっ母さんは何でもするよ。言っとくれ」

おせいはいくぶん声を低めた。真吉は少しの間うつむいて考え込んだが、再び顔を上げたときは目に力が戻っていた。

「本所で殺しのあった時分、俺は根岸にいて病人の看病をしていた」

「往診かえ？」

「いや、例の見回りだよ。柳原土手の辺りは見回りも厳しくなってるから、下手人も場所を移すかも知れないと思って、根岸まで足を延ばしてみることにしたんだ。そうしたら……」

日が落ちて暗くなってきたので、帰ろうとして道を引き返した。すると道にしゃがみ込んで苦しんでいる老人がいたので、走り寄って助け起こした。心の臓に持病があって、その発作を起こした様子だった。

「とりあえず持っていた薬を飲ませて、おぶって近くの百姓家に運んでいった。親切なお百姓で、一晩泊まっていけと言ってくれたから、俺は朝までご老人の介抱（かいほう）をしながら厄介になった。あのご老人が見つかれば、俺が一晩中根岸にいたという証になる」

「分かったよ。その人を見つければ、身の証が立つんだね？」

真吉は何度も頷いた。

「根岸といっても、場所はどの辺だえ？」

「あれは……入谷（いりや）の鬼子母神（きしもじん）を左に見ながら十町ほど行った場所だったと思う。周りは朝顔を作っている百姓家が沢山あって、江戸から見物に来た人たちと何人かすれ違った。えーと、四つ辻（つじ）があって、小さな寺が一軒ずつ三方に建っていて、残りの角には小さな祠（ほこら）があった。その辻の少し先で、ご老人が苦しんでいたんだよ」

「その人の人相風体（ふうてい）は？」

「年の頃は六十前後、髪がきれいに白くなった、品の良いご老人だった。絹物を着ていたから、暮らし向きはかなり良いはずだ」

おせいはひと言も聞き漏らすまいと、必死に耳を傾けた。そして真吉の言葉を頭に叩き込んだ。

「分かったよ。おっ母さん、必ずその人を探し出して、おまえをご放免にしてもらうからね」

真吉はすがるような目でおせいを見て、ギュッと手を握り返した。

俊六はそんな二人の様子を眺めて、憂鬱そうに目を逸らした。


おせいが常盤町の次郎兵衛店に帰り着いたのは、八ツ半（午後三時）になろうかという頃で、井戸端では女房たちが集まって、洗い物をしながらおしゃべりに花を咲かせているところだった。

おせいが木戸を入った途端、賑やかな話し声はピタリとやんだ。そして、みな無言でおせいを眺めた。その視線に込められているのは猜疑であり、非難であり、悪意だった。それはまるで放たれた矢のように、おせいの皮膚に突き刺さった。

おせいは黙って頭を下げ、家に入った。

こんなことでくじけてちゃいけない。

おせいは自らに言い聞かせた。これから真吉の身の証を立ててくれる人を探して、毎日根岸へ通うことになる。こんなことでくよくよしている暇はない。何としても、真吉を助けるんだ。

真吉が殺しの嫌疑を受けて番屋にしょっ引かれたという噂は、おせいの想像を超える速さで各方面に伝わっていた。

その日、うめ川に出来上がった仕立物を届けに行くと、勝手口に女中頭と女将が出てきて、上がり框に立ったまま、おせいを見下ろした。二人とも、このところおせいが来ると下がっていた目尻が吊り上がっている。

「今後一切、店への出入りはお断りだよ」

女中頭に続いて、女将も切り口上で付け加えた。

「うちは客商売だからね。人殺しの母親を出入りさせるわけにはいかないのさ」

おせいは悪びれずに二人の顔を見返した。

「真吉は人なんぞ殺しちゃおりません。まったくの濡れ衣です」

「おまえさん、お上のお裁きにたてつこうって言うのかえ？」

「お上のお裁きはまだ下っちゃおりません。お調べはこれからです」

「番屋にしょっ引かれたんなら、同じじゃないか」

「真吉は潔白です。お調べが始まれば分かることです」

そして、あたしがあの子の身の証を立ててみせます……おせいは胸の裡でそう言って、唇を噛んだ。

「ごめん下さいませ」

おせいは一礼すると背筋を伸ばし、うめ川を出た。

「塩を撒いておくれ！」

女将の声を背中で聞いて、その足を根岸へと向けた。

その頃の根岸は江戸の郊外で、大店の寮（別宅）が沢山あった。後年の高級別荘地のような土地柄に近い。周辺は農家が多く、特に入谷は朝顔の栽培が盛んで、季節になると江戸から見物客が大勢訪れて朝顔の鉢を買い求めていった。

おせいは根岸には一度も行ったことがなかった。「おそれ入谷の鬼子母神」という大田南畝の洒落の句は耳にしたが、その鬼子母神が何処にあるかさえ知らなかった。それでも何とか人に道を尋ねながら、入谷の鬼子母神までたどり着いた。

おせいはまず境内に入ってお参りした。わが子のためには鬼になるという決意を込め、この神の強さが己の身に宿りますようにと、祈らずにはいられない気持ちだった。

真吉の話では鬼子母神を左に見ながら十町ほど行くと四つ辻があって、三つの角に寺が建ち、一つの角に祠があるらしい。雲を掴むような話だが、とりあえず進むしかなかった。

足元は途中で草鞋を買って履き替えていた。下駄は風呂敷に包んで腰に巻いた。明日は最初からちゃんと足ごしらえをしてこようと思った。それに、水と握り飯も用意した方が良さそうだった。上野から離れるにつれて店屋が少なくなり、畑と樹林の中に百姓家が建っているのが見えるばかりだ。

ようやっと真吉の言っていた四つ辻が見えてきたときは、安堵のあまり座り込みそうになった。

しっかり！　こんなとこでへばってないで！　まだ何一つ始まっちゃいないんだから。

おせいは自分を励まして四つ辻の真ん中に立ち、周囲を見回した。

ぽつんぽつんと人家が見える。

おせいはその中の一軒に歩いていき、表から声をかけた。

「もし、おたの申します」

二度、三度と声をかけると、暗い土間から中年の女が姿を現した。手拭いを姉さんかぶりにして襷を掛けているが、落ち着いた物腰で、どことなく貫禄がある。

「どちらさんで？」

　突然訪ねてきた見知らぬ女を前に、怪訝そうな顔はしたが、猫が毛を逆立てるように、怯えや敵意をむき出しにするような真似はしない。江戸という大消費地を近くに持つこの辺りの農家は比較的豊かな家が多く、気持ちに余裕があるからだろう。

「お初にお目にかかります。江戸は本所の常盤町から参りました、おせいと申します。実は、おかみさんにお尋ねしたいことがございます」

「なんだね？」

「おとついの夕方のことでございます。この辺りで病に倒れたお年寄りを、通り掛かった若いお医者が助けて、近くの家に一晩ご厄介になったと聞いております。あたしはその医者の母親でございます。ご親切のお礼に伺いました。そのお家をご存知ありませんか？」

「それはまた、奇特なことだね」

　女は感心したように言い、考え込む顔になった。

「……いや、うちではその騒ぎは知らないね」

「左様でございますか」

おせいの落胆した様子を見て、女は外に出てきた。

「隣の茂作どんのとこで聞いてみよう。一緒に行ってやるよ」

「ありがとう存じます！」

おせいは身体が二つに折りたためるほど、深く頭を下げた。

「なあに。ちょうど身体が空いたところだ」

女は気軽に言って、おせいの先に立って畑の中の道をどんどん歩いていった。そして隣の家が見えてくると、大声で呼ばわった。

「おーい、茂作どーん！ 江戸からお客さんだよお！」

母屋の横の馬小屋から、のっそりと四角い体つきの男が現れた。無精髭を生やして年齢が分かりにくいが、女と同年配だろう。

「おくにどん、おらに客って、だれだ？」

おくにと呼ばれた女はおせいを振り向いて、少し前へ押し出すようにした。

「この人だ。わざわざ江戸から、倅さんの受けた親切の礼を言いに来なさっただよ」

「へええ」

おせいは茂作に向かって深々と頭を下げた。そして、おくににしたのと同じ説明を繰り返した。

「そりゃあ、奇特なことだ」

茂作も感心したように言ってから、しばらく考え込んでいたが、そんな話は聞いていないという返事だった。

「そうだ。そんなら、五平に聞いてみるべえ」

茂作もまた落胆するおせいに同情したのか、新しい名前を挙げてくれた。そして、今度は茂作の案内で別の農家を訪ねたが、そこでも収穫はなかった。

幸いなことに、おせいはそこの住人の親切に助けられ、日が落ちるまで十軒以上の農家を回って尋ねたが、手がかりは得られなかった。

「本日はお手数を掛けまして、あいすいません。本当にありがとう存じました」

帰り際、おせいは一番最初に訪れた農家に寄って、親切なおくにに挨拶した。

「明日もまた参ります。もし、耳寄りな話がお耳に届きましたら、聞かせて下さいませ」

「ああ、分かったよ。任せときな」

おくには気さくに言ってポンと胸を叩き、請け合ってくれた。

おせいはとっぷりと日の暮れた道を、本所を目指してとぼとぼと歩いた。

翌日、おせいは早朝から支度を調え、長屋を出た。

入谷から根岸へ入り、昨日の四つ辻へ差し掛かると、まずおくにの家を訪ねて昨日の礼を言った。

「良いんだよ。役には立てなかったからね」

「いいえ、お近くのみなさまにお引き合わせいただいて、大いに助かりました」

「それからさ、昨夜、仕事から戻ったうちの亭主に聞いてみたんだが、じいさんと若い医者の話は知らないと言うんだ」

おせいは内心の落胆を押し隠し、両国で買ってきた土産の菓子を差し出した。

「後先になりましたが、これをみなさまで……」

「あれ、まあ。こんなことしてもらっちゃ、かえって申し訳ないねえ」

「おかみさん、どうぞこれからも、お年寄りと医者について何かお聞きになりましたら、お心に留めておいて下さいませ」

せっかくだから上がって茶でも飲んでいけという誘いを断り、おせいは再び田舎道を歩き始めた。

それからは昨日と同じく、道筋にある家を一軒ずつ訪ねては、急病になった老人と医者の話を知らないかと聞き回った。しかし、家人が出払っている家も多く、証人は見つからなかった。

日が暮れかかったので、何の成果もないまま、おせいは引き上げることにした。昨日で一つ利口になったので、帰る道すがら、今日訪れた一帯で一番顔の広い家の女房に、両国土産の菓子折を渡しておいた。たかが菓子だが、手土産を置いてくるのと置いてこないのでは印象が違う。うっかり忘れられないためにも、出来るだけ印象を強くしなくてはならない。

あたしのことを覚えていてくれれば、きっと何かのときに真吉の話を思い出してくれる……。

たとえ徒労に終わろうと、少しでも見込みがあるなら、おせいはどんなことでもするつもりでいた。

だから帰りも四つ辻を通るときは、おくにの家に顔を出して挨拶するのを怠らなかった。

三日経ち、四日が過ぎた。

だが、おせいはまったく手がかりを摑めなかった。四日も江戸から女が通ってくれば、付近でも噂になって、誰か一人くらいは手がかりになりそうな話を思い出してくれるのではないか……その淡い期待は徐々に消えそうになった。

いいえ、絶対に諦めない。真吉は潔白だ。あたしがあの子の身の証を立ててみせる……!

ともすれば萎(な)えそうになる気持ちを無理矢理奮い立たせ、おせいは根岸と本所との道を往復した。

「ねえ、親分、どうすんですかい?」

幹太が情けなさそうな声を出した。

問いかけた相手はもちろん堀留の俊六だ。二人は今、回向院の周辺の探索を終え、神田豊島町の自身番に戻る途中だった。そこには真吉が牢に留め置かれたままになっていた。

「もう五日になるんですぜ。いい加減に大番屋に移さねえと、奉行所の旦那の手前もあることだし……」

言いかけて幹太は口をつぐんだ。

本来、お縄にした容疑者は自身番からすぐに八丁堀の大番屋に送らなくてはならない。そこで厳しい詮議(せんぎ)を受け、容疑が確定すると小伝馬町の牢屋敷でお裁きを受ける決まりだ。ところが俊六は真吉をお縄にしたきり詮議もせず、大番屋に送ろうとしない。これは異例中の異例で、掟破りに近い。

ところが、それを正すべき立場の北町奉行所定町廻り同心、神崎兵庫にしてからが、俊六の違法なやり方を黙認している……。

「神崎の旦那も、どういう了簡なんですかい？」

幹太のぼやきは続く。

「奴の申し立てなんて、でたらめに決まってまさ。現に、根岸で聞き込んだって、まるで手証が摑めねえじゃありませんか」

俊六とて真吉の申し立てを無視していたわけではない。手下を根岸にやって聞き込みをさせた。だが、それらしき老人と医者を泊めたという家も、二人を目撃したという人間も見つからなかった。

「ねえ、親分……」

幹太が再び声をかけたが、俊六は聞こえているのかいないのか、生返事をしたきりで黙っている。幹太が諦めて溜息を吐いたとき、俊六が急に立ち止まった。

「幹太、俺は急用を思い出した。おめえ、先に帰んな」

懐から小銭を出すと幹太の掌に載せてやった。すでに日も暮れかけているから夕飯代だ。

「こりゃあ、すいません」

幹太はたちまち相好を崩した。俊六の下に大勢の手下が集まるのは、捕り物名人の評判もさることながら、金払いの良さも大きな理由だ。誠心誠意働けばきちんと報いてくれるという信頼が、俊六の手下には共通していた。

「じゃあな」

俊六は背を向けてさっさと歩き出した。幹太はぺこりとお辞儀をしてから、両国の方へ引き返した。

俊六は一人で豊島町の自身番にやってきた。

「邪魔するぜ」

「これは親分さん、ご苦労さまでございます」

一段高くなった座敷に腰掛けていた町役人が立ち上がって腰を屈め、土間の隅にいた小者も頭を下げた。

「変わりはねえようだな」

奥の座敷牢に目を遣って、俊六は訊くともなくつぶやいた。

「はい。陽のあるうちは本を読んでおります。静かなものですよ」

町役人も釣られて牢の真吉に目を向けた。

啓明塾の若い女中頭が毎日下着の替えや蘭学の本などを運んでくる。真吉は熱心に本を読みふけって、まるで牢の中にいることを忘れているようにさえ見えた。

また、町役がそのような特別扱いを黙認しているのは、俊六に言い含められたからだ。弟の店から毎日、町役と小者、真吉の三人に三度の食事を届けさせてもいるので、真吉を牢に入れておいてもまったく手間が掛からない。それに、真吉が通常自身番に引っ立てられる与太者と人間の出来が違うことは見れば分かる。町役も小者も、今では真吉に好意さえ抱いていた。

「親分さん……」

真吉は本を置き、居ずまいを正して床に両手をついた。

「過分なお心遣い、まことにありがとう存じます」

「よしてくんない」

俊六は苦笑(にがわら)いを浮かべ、顔の前で払うように手を振った。

「今朝、町役さんから伺いました。すべては親分さんのご厚意だと」

俊六は座敷にどかりと腰を下ろすと、煙草盆(たばこぼん)を引き寄せた。

「ま、若先生には甚八をお縄にするとき世話になった。借りを返したと思いなせえ」

煙管を出して刻みを詰め、吸い付けて美味そうに煙を吐いた。

「昼間は良いが、夜は退屈でござんしょう」

真吉は小さく笑みを漏らした。

「そんなことを言ったらバチが当たります。旅籠に逗留しているわけではありませんから」

俊六も皮肉に唇を歪めたが、小者に向かって言った。

「夜っぴて行灯に火を入れて、牢屋の前に置いといてやんな。この先生は牢破りなんかしねえから、大丈夫だ」

小者は「へえ」と頷き、真吉は再び手をついて頭を下げた。

「まことに、痛み入ります」

頭を上げると、俊六の方に膝を進めた。それまでなかった必死さが目に現れた。

「親分さん、母から何か言ってきませんでしたか？」

「いや」

「……そうですか」

真吉はひどく落胆したようで、目を伏せた姿がわずかばかり小さくなったように見えた。

「お袋さんが身の証を立ててくれると、信じてなさるんで？」

「はい」

きっぱりと答える目には迷いがなかった。

「母は、必ず私の介抱したご老人を見つけ出してくれます」

「うちの手の者が根岸へ行って調べ回ったが、それらしい年寄りも、家も、見つからなかったんですぜ」

「母なら見つけてくれます。必ず、私を助けてくれます。そう信じています」

若さに似合わぬ落ち着きぶりで威厳さえ漂わせている真吉が、母のことを語るときだけ、子供のように無垢に見えてしまう。そのことに俊六は感心し、同時にかすかに嫉妬した。

「そんなら焦らず、吉報をお待ちなせえ」

俊六は素っ気なく言って灰吹きに吸い殻を叩き落とすと、煙管をしまって腰を上げた。

自身番を出て、その足で柳原土手に向かった。

日が落ちて、古着屋の屋台もみな店仕舞いしている。

俊六は土手を降り、川原を歩いた。掘っ立て小屋が一軒建っている。おきみの死体が見つかったところだ。周囲は一面草ぼうぼうの原っぱで、陽が翳った今は黒々と見える。

俊六は地面に目を落とし、探し物でもするように、ゆっくりと小屋の周りを歩いて回った。

昼間の喧噪が嘘のように、真夜中の啓明塾は静かだった。

時刻は丑の刻（午前二時）を過ぎた頃で、さすがに宵っぱりの塾生たちも、すっかり寝静まっている。

おさきは暗闇の中でパッチリと目を開け、寝床から起き上がった。足音を忍ばせて廊下を歩き、勝手口から中庭へと出た。

中庭には井戸がある。水道水の井戸ではなく、地下水を汲み上げる井戸だった。だから夏は冷たく、冬は温かい。

おさきは井戸端に立つと、つるべを降ろして井戸水を汲み上げ、盥に移した。それから片膝を付いて座り、大きく息を吸い込んで、盥の水を首からざっと浴びた。

氷のように冷たかった。この季節とはいえ深夜の気温は低く、歯を食いしばっても震えが来そうだ。それでも止めるわけにはいかない。

おさきは立ち上がり、再び井戸水を汲んだ。五杯目の水を浴びる頃には、身体は冷え切って強張り、感覚がなくなりそうだった。

真吉さん……。

心の中でつぶやいた。それだけで、胸がほんのり温まるような気がした。

真吉が捕らえられた日から、おさきは毎晩真夜中に井戸水を十杯浴びている。効き目があるかどうかは分からないが、何もしないではいられなかった。

そうよ。出来ることは何でもやらなくちゃ。

おさきは己を励まして、六杯目の水を汲んだ。唇はすっかり紫色になっていたが、真吉のことを思うと力が湧いて、うっすらと微笑むことが出来た。

おさきはその夜も十杯の井戸水を浴び、誰にも気付かれずに部屋に戻った。


「……そうだったのかい」

おせいの話が終わると、おくには気の毒そうに言って付け加えた。

「あんたも難儀なことだ」

「可哀想（かわいそう）なのは、あたしじゃなくて倅の方です。よりにもよって、人殺しの濡れ衣を着せられるなんて」

五日続けておせいが家を訪ねたので、さすがにおくにも不審を抱き始めていた。恩返しとはいえ、度が過ぎる。

おせいは思いきってすべてを打ち明けることにした。幸いにも、おくにはお縄になった者の母親を忌（い）むより、一人息子の受難を救おうとする親心に同情してくれたようだ。

「だから、おかみさん、どんな小さなことでもかまいません。真吉とそのご老人に関わりのありそうな話を耳にしたら、どうぞお心に留めて、あたしに教えて下さいませ」

「ああ、分かった。茂作どんや五平どんにも言っといてやるよ。あんたも頑張りな」

「ありがとう存じます」

おせいは上がり框から腰を上げ、深々と頭を下げた。

「どうも雲行きが怪しくなってきた。道中、気を付けなよ」

おくにに見送られて、おせいはその家を辞去した。

根岸にいる間は曇り空だったが、入谷へ出る頃にはいつの間にか黒い雲が広がって、ぱらぱらと雨の粒が落ちてきたかと思うと、天の底が抜けたような土砂降りになった。おせいは道沿いの社の軒下で雨宿りをしたが、いつまで経ってもやむ様子がない。仕方なく、雨足が弱くなったところで道に戻り、家路を急いだ。

本所に戻る前に雨はやんだが、ずぶ濡れになってしまった。長屋に帰ると、もう何をする気力もなかった。着物を脱いで髷を解き、水気を拭いてそのまま寝てしまった。

翌朝、目が覚めると喉がヒリヒリと痛んでいた。身体の節々にも痛みがある。起き上がろうとしたらぐるりと目が回って、畳に倒れ込んだ。身を起こそうとしても、手足にまるで力が入らない。

どうしよう⁉　根岸へ行かなきゃ、真吉が……。

無理に起きようとして、またどたりと倒れてしまった。

ああ、真吉……⁉

おせいは声にならぬ声を上げ、畳をかきむしった。日頃病気をしたことがないので、自分の容態がどの程度悪いのか見当が付かない。ひょっとしてこのまま死ぬのかと思うと、恐怖に鷲掴みにされて、身体中が震えてきた。

死ねない！　死にたくない！　あたしが死んだら真吉はどうなるの？　誰が真吉を助けてくれるの？　誰があの子の濡れ衣を晴らしてくれるの？

おせいは必死に祈った、神と仏に、続いて仏になった幸吉とおとせにも。どうか真吉を助けてくれるようにと。

それから気が遠くなった。

再び目を開けたときは、周囲がすっかり明るくなっていた。まだ頭がぼうっとしていたが、布団に寝かされ、額には濡れ手拭いが載せられているのに気が付いた。

「気が付いたかえ？」

女が顔を覗き込んだ。おせいは二、三度瞬きをして、やっと見知った顔であるのを思い出した。

「……おさとさん？」

「ダメだよ、寝てなきゃ」

おさとは起き上がろうとするおせいを制した。手拭いを姉さんかぶりにして襷を掛けている。おせいの家に来て、何やら働いてくれたらしい。

「どうしてここに？」

「心配になって、訪ねてきたんですよ。そしたら部屋の真ん中で倒れてるから、ビックリして……」

　言いながら、おさとは台所を振り返った。

「今、お粥が炊けるからね。温かくして、ゆっくり寝てるんだよ」

「あたし、寝てなんかいられない。根岸へ行かないと……」

「何言ってるんだい。今し方やっと熱が下がったばかりなのに」

「あたしが行かないと、真吉が……」

　おさとに介抱されて少し気がゆるんだせいか、涙が溢れた。

「おせいさん、しっかりおしよ」

　おせいは涙ながらに、真吉の身の証を立ててくれる唯一の人間を探しに、根岸に日参していることを話した。

「……分かったよ」

　話し終わると、おさとはゆっくりと頷いた。

「そういうことなら、明日からあたしが根岸に行って、おせいさんの代わりにその人を探してくるよ」

　おせいは驚いて、おさとの顔を見返した。

「おせいさんはあたしの命の恩人だ。あのとき、おまえさんに親切にしてもらわなかったら、あたしは今頃、死んでいただろう。だから、せめてもの恩返しに、倅さんの役に立たせてもらうよ」

おせいが回復するまで、おさとはこの長屋に泊まり込んで世話をする、と言ってくれた。

「おはなとおゆきは、亡くなった実の母親の兄夫婦が引き取ってくれたんだよ。一昨年（おととし）子供を亡くして、寂しくしていてね。だから、あたしは今、身軽なのさ」

「……ありがとう」

「お互い様だよ」

おさとは気軽に言って付け加えた。

「だから、気をしっかり持って、ちゃんと養生しておくれな。倅さんがご放免になって、おっ母さんが寝付いていたら困るだろう」

その日の夕方、新しい客が長屋を訪れた。

「ごめん下さいまし」

女の声におさとが腰板障子を開けると、外に武家娘が立っているので、おさともおせいも驚いて目を丸くした。年の頃は十六、七だが、高島田（たかしまだ）に文庫結びの幅広帯は、少なくとも町人の娘ではない。背後に若い女中を従えている。主従共にたいそうな美貌で、二人がそこにいるだけで裏長屋に花が咲いたようだ。

武家娘が一歩前に出て挨拶した。

「お初にお目にかかります。私、西本芳齋の娘、多代と申します」

「まあ、お嬢さま……！」

おせいは布団を降りて畏まった。

多代は「どうぞそのままで」と押し止めて先を続けた。

「この度は真吉さんが思わぬ災難に遭い、さぞやご心痛と存じます。遅ればせながら、お見舞いに参上いたしました」

「それはまた、勿体ないことでございます。あの、汚いところでございますが……」

おせいは遠慮がちに上がるように勧めたが、多代は首を振った。

「ありがとう存じます。でも、すぐに失礼いたしますから……」

軽く頭を下げてから、改めて背筋をしゃんと伸ばし、不退転の決意を宣言するように言い放った。

「私は、真吉さんの潔白を信じています」

まだ幼さの残る顔立ちだが、その目は恋に燃える女の目だった。

おせいは胸が熱くなった。真吉から芳齋先生のお嬢さんの婿になる話は聞かされていたが、当の令嬢がどのような人かはほとんど知らないでいた。だが、多代は真吉に惚れてくれた。世間を敵に回してもかまわないほど、惚れ抜いてくれている。それが嬉しく、ありがたく、誇らしかった。

「おかみさんは真吉さんの無実を晴らすために、毎日根岸へ出掛けて人探しをなさっていると伺いました。明日からは、塾生たちも交代で根岸へ参ると申しております。尋ねる人はきっと見つかります。どうぞ、お気を強くお持ち下さい」

「お嬢さま……」

おせいは頭を垂れて、礼の言葉を述べた。

そのとき、控えていた女中がそっと多代に耳打ちした。多代は頷いておせいに向き直り、わずかにためらいつつも切り出した。

「まさかご病気とは存じませんでした。お見舞いでございます。どうぞ、お納めを」

女中に渡された薄い袱紗包みを畳に置き、おせいの前へすいと押した。中に金が入っているのは明らかで、おせいは戸惑った。

「お嬢さま、こんなことをなさってはいけません」

おせいは袱紗を押し戻したが、多代も再び押し返した。

「そう仰らずに……」

控えていた女中が遠慮がちに口を挟んだ。

「おかみさん、ここはひとまずお納め下さい。お嬢さんと真吉さんは将来夫婦になる身です。その暁にはおかみさんとお嬢さんも義理の親子になります。娘が親のために尽くすのは当たり前じゃありませんか」

多代もホッとした顔で先を続けた。

「真吉さんも、毎日お母上の身を案じていると思います。どうぞこちらを当座のお役に立てて、養生なすって下さい」

おせいと多代が押し問答を繰り返していたとき、長屋の木戸の外に一丁の駕籠が着いた。辻駕籠ではなく、豪勢な網代駕籠だった。それもそんじょそこらの宿駕籠ではなく、江戸三駕籠の一つ、大伝馬町の赤岩の駕籠で、大店の主でなければ使えないほどに高額な代物だ。

駕籠から降り立ったのは、大丸髷に贅を尽くした着物をまとった、どこぞの大店の内儀と一目で分かる美貌の中年女だった。

女はおせいの家の戸口に立ち、外から声をかけた。

「ごめん下さいまし」

腰板障子を開けると、中にいた四人の女が一斉に振り返ったので、女もいささか面食らった。

「これはまた、千客万来でござんすね」

しかし、遠慮せずにずいと中に踏み込んだ。

「お取り込みのところ、お邪魔いたしますよ」

新たな訪問客を見て、おせいはまた驚きに目を丸くした。

「……益田屋のお内儀さん！」

「おせいさん、ご無沙汰しています。この度はとんだ災難で、さぞご心痛でござんしょう」

そして、二人の若い女の顔を等分に見て問いかけた。

「こちらの二人のお嬢さんは？」

「西本芳齋先生のお嬢さまと、お付きの方でございます」

益田屋の女主人おつなは、納得顔で頷くと、当然のように座敷に上がり込んだ。

「悪いが、ちょいと上がらしてもらうよ。込み入った話なんでね」

「もちろんですとも。どうぞ、どうぞ」

　おつなは続いて多代とおさきの方を見た。

「もし、よろしかったらお嬢さん方も一緒に聞いておくんなさい」

　大店の女主人の貫禄とでも言おうか、多代とおさきも促されるまま座敷の端に腰を下ろした。

「うちに出入りしている堀留の俊六から聞いたんだが、おまえさん、根岸で真吉が助けてやった年寄りを探しているんだって？」

「はい」

　おせいはこれまでの経緯をざっと説明した。

「でも、これまで何一つ手がかりは摑めませんでした。根岸の在の人たちも親切で、熱心に聞き回ってくれたんですが、お年寄りも、宿を貸してくれた家も見つかりません」

　おつなは懐手（ふところで）に腕を組んでじっと聞いていたが、おせいの話が一段落すると、ひと呼吸してから口を開いた。

「分かりました。そんなら知り合いの版元に瓦版（かわらばん）を刷らせて、江戸中にばらまくとしようか」

「えっ」

「でも、そのご老人は根岸に住んでいるのでしょう?」

多代が怪訝な顔でおせいに尋ねると、代わっておつなが答えた。

「とは限りませんさ。普段は江戸の街中に住んでいて、たまに根岸の寮に骨休めに来たのか、それとも誰か人を訪ねてきたのかも知れない」

根岸は大店の寮が沢山あるから、それはありそうなことだった。

「瓦版が評判になれば、己のことかと思い当たって、名乗り出てくるやもしれないだろう」

「……気が付きませんでした」

おせいはおつなの頭の働きにつくづく感心した。

「瓦版が刷り上がったら、読売に配らせるのはもちろん、あたしたちも手伝って、出来るだけ大勢で配りましょう。みんなで手分けして、江戸中の辻に立つ勢いでね」

「はい」

「私たちもお手伝いいたします」

おせいに続いて、多代もおさきも大きく頷いた。

「そうと決まれば、善は急げだ。あたしはこれで……」

おつなはさっと立ち上がった。

「お内儀さん、恩に着ます。何とお礼を申し上げて良いやら分かりません」

「礼には及ばないよ」

おつなは土間に脱いだ桐の下駄に足を入れた。

「あたしゃ、真吉のためなら金と身体で出来ることは何でもするって、決めてるんだ」

艶然とした笑みを残し、おつなは長屋を出ていった。


「……こういうわけだから、きっと尋ね人は見つかるわ。だから、決して諦めちゃダメよ」

「もちろんさ。俺は信じてる。必ず無罪放免になるって」

牢屋格子越しに、おさきは真吉と向き合って座っていた。翌日の早朝、自身番が開くと同時に、駆け込んできた。毎日仕事の合間を縫って、着替えや本を持って訪ねてくるのだが、今日は一刻も早く良い知らせを届けたくて、朝食の支度も他の女中たちに任せて啓明塾を飛び出したのだった。

「それより、おっ母さんの具合は？」

真吉がぐっと身を乗り出した。

「大丈夫よ。雨に打たれて風邪を引いたみたいだけど、訪ねたときはもう熱も下がっていたし、しっかりしていたわ」

おさきは風呂敷の中から紙の袋を取りだしてみせた。

「風邪のお薬。昨夜、旦那さまが調合して下さったの。これからおっ母さんの長屋に届けてくるわ」

「ありがとう。頼んだよ」

真吉は安堵して微笑み、それからわずかに目を細めておさきの顔を見直した。

「おさきさん、顔色が悪いな。どこか身体の具合でも悪いの？」

「ううん、あたしは平気」

そして、いくらか疑わしげな顔つきになった。

「益田屋のお内儀さんって、きれいな人ね」

「ああ。若い頃は柳橋一と言われた売れっ子だったそうだ」

真吉の口調はさらりとしてことともなげだった。

「ずいぶんと真吉さんに肩入れしてたわ」

「本当にありがたいことだ。亡くなった旦那さまにも、一生かかっても返せないほどのご恩を受けたのに、今度はお内儀さんがご尽力くださる。……ご夫婦揃って、大恩人だよ」

おさきは風呂敷を包み直した。

「そろそろ行くわ。また明日来るわね。何か、欲しい物はある？」

真吉は首を振った。

「毎日ありがとう。北川先生も差入れを持って訪ねてきて下さるし、不自由はないよ。それに、おさきさんの顔を見るだけで気持ちが晴れ晴れする」

「お上手ね」

おさきはいささか皮肉な口調になった。

「ほんとは、お嬢さまの顔が見られなくて寂しいんでしょ？」

「おさきさん……」

真吉は横っ面を張られたような顔になり、唇を嚙んでうな垂れた。

「ごめんなさい。こんなときに」

おさきは風呂敷包みを抱えて立ち上がり、逃げるように自身番を出ていった。

益田屋のおつなが金にものを言わせて急がせたので、翌日の朝には瓦版が刷り上がった。版元は出来るだけ大勢の読売に声をかけて、江戸中で派手に配らせることにした。その名の通り、読売はただ瓦版を売るだけでなく、節を付けて語って客を集めるので、瓦版を買わない者にも内容を伝えて世間に広めることが出来るのだ。

版元は刷り上がった瓦版の一部を益田屋の他、啓明塾とおせいの長屋にも届けさせた。

「あたしは回向院の境内で配ってくるからね。おせいさんは無理をしちゃいけない。薬を飲んで寝てるんだよ」

朝飯がすむと、おさとは瓦版を抱えて長屋を出ていった。

おせいはその背中に深々と頭を下げて見送った。

「ごめん下さい」

おさとが長屋を出ていくと、入れ替わりのように人が訪ねてきた。昨夜、多代の供をしてきた若いきれいな女中だった。

「西本芳齋先生のお宅にご奉公しております、さきと申します」

おさきはきちんと挨拶してから、芳齋の調合した薬を差し出した。

「これはまた、先生にまでお気遣いをいただいて……」

おせいは思わず薬を押し頂いて平伏(へいふく)した。

「おかみさん、私、今さっき番屋で真吉さんに会ってきました」

「えっ？」

びっくりして顔を上げたおせいが次の言葉を発する前に、おさきははきはきと答えた。

「真吉さんは元気です。必ず無罪放免になると信じています。それから、おかみさんの身体のことをとても心配していました」

おせいは言葉もなく、胸の前で両手を握りしめた。おさきは大きく頷いて言い足した。

「どうぞ、安心して下さい。真吉さんは必ずご放免になります。啓明塾も総出で尋ね人を探しています。益田屋さんのお陰で江戸中に瓦版をまく用意も出来ました。これほど大勢の人に慕われている真吉さんを、天が見捨てるはずはありません」

おさきの言葉は強い自信に満ちていて、聞いているだけで胸のつかえが下りていくようだった。

「真吉さんはお医者になるために天から選ばれた人です。日本の医学を大きく進歩させて、何千、何万という病人を救うことの出来る人です。こんなことで邪魔されたくらいで、真吉さんの進む道が閉ざされるわけがないんです。真吉さんはもうすぐ帰ってきます。絶対に大丈夫です。私は信じています」

おさきの言葉には熱い想いが籠もっていた。その目にも、その表情にも、近寄ると火傷しそうな熱が宿っていた。

「だからおかみさん、どうぞお身体を大切に、養生して下さい。薬もですが、風邪にはゆっくり休んで滋養のある物を食べるのが一番効くんですよ」

おさきは不意に熱を消し、にっこり微笑むと、来たときと同じ落ち着いた態度で長屋を出ていった。

あのきれいな娘さんは、真吉が好きなんだ……。

おせいは申し訳ない気持ちになった。いくら尽くしてくれても、真吉はもはや西本芳齋の入り婿になることが決まった身なのだ。

でも……おせいは続けて思った。本当はあの娘さんの方が、真吉の嫁さんに向いているのじゃないだろうか……。

おさとは昼間に帰ってきて、嬉しそうに報告した。

「無料のせいもあるけど、みんなすんなり受け取ってくれた。思いの外早く売り切れちまった」

瓦版を受け取った通行人は、すでにこの事件のことを知っている者が多かったという。

「読んだ人は誰かに話すだろうから、すぐに江戸中の評判になるよ。そうしたら、尋ね人も思い当たって、名乗り出てくるんじゃないだろうか」

「そうなると良いねえ」

「大丈夫、きっとそうなるから」

　おさとは袂から襷を出してきりりと掛け、台所に立った。

「お昼からは深川へ行って、仙台堀の辺りで配ってくるよ」

「本当に、恩に着ますよ、おさとさん」

「よしとくれよ。それより、帰りには夕市で魚を見つくろってくる。精の付くもんを食べないと、治る病も治らないからね」

　昨日一日おさとの看病を受けてゆっくり寝ていたことに加え、多代とおつな、そして先ほどのおさきの来訪に勇気づけられたせいか、今はすっかり熱が下がり、身体のだるさも抜けていた。朝より食欲も湧いてきた。

「それじゃおさとさん、鯛でも鰹でも、好きな魚を誂えておいでよ。昨日芳齋先生からいただいたお見舞いでさ」

「おや、豪儀だねえ」

「お互い精を付けないと、これからが大変だ」

「まったくだ」

二人が簡単な昼飯を食べ終わったとき、外から遠慮がちな声がかかった。

「どうぞ」

おせいが答えると、戸が開いて、辰次が立っていた。

「……この度は真坊がとんだ災難で」

辰次はそう言って頭を下げた。

おせいも黙ってお辞儀を返したが、何と言ったものか言葉に詰まった。その様子を見て、おさとは気を利かせて立ち上がった。

「じゃあ、おせいさん、あたしは行ってくるから」

「よろしくお頼み申します」

おさとは瓦版を一抱え取り、下駄をつっかけて出ていった。辰次はその後ろ姿からおせいの方に目を移した。

「神田明神の前を通り掛かったら読売が出てたんだ。それを読んだらもう、居ても立ってもいられなくて、来ちまった」

「すみません」

おせいはもう一度頭を下げたが、顔を上げるときっぱりと言った。

「でも、真吉は潔白です。人殺しなんぞ、しちゃいませんよ」

「ああ、そうとも」

辰次は座敷の隅に積まれた瓦版を指さした。

「これを配るんだろう？　俺も手伝うよ」

「そんな……。今更おまえさんに、そんな厄介は掛けられないよ」

「なに言ってんだ。真坊の命が掛かってンだぜ」

おせいはハッとして辰次の顔を見上げた。辰次はおせいの視線を受け止めて、大きく頷いた。

「役に立ちてえんだ」

もう少しで涙がこぼれそうになり、おせいはあわてて目を瞬（しばたた）いた。

「すまないね。恩に着るよ」

「なあに」

辰次は瓦版を摑んで小脇に抱えた。

「俺は鍛治（かじ）町で配る。周りは職人が多いから、何か耳寄りな話を聞きこんだ奴がいるかも知れねえ」

おせいは出てゆく辰次の背中に手を合わせた。と、今朝ほどのおさきの言葉が耳に蘇（よみがえ）った。

「真吉さんは必ずご放免になります。これほど大勢の人に慕われている真吉さんを、天が見捨てるはずはありません」

「真吉さんはお医者になるために天から選ばれた人です。日本の医学を大きく進歩させて、何千、何万という病人を救うことの出来る人です。こんなことで邪魔されたくらいで、真吉さんの進む道が閉ざされるわけがないんです」

そうだ、真吉は絶対に助かる！

おせいの心の中でも、希望は確信に変わっていた。

「そろそろ十日になろうってえのに、いつまであの医者を自身番に置いとくつもりでえ？」

「へい。面目次第もねえことで」

神崎兵庫の叱責はもっともで、堀留の俊六も頭を下げるよりない。二人は今、小伝馬町の牢屋敷から出てきたところだった。

「さりとてこのまま放免して、内海丹波守さまのご家来衆に意趣返しされても気の毒ではあるしなあ」

「へい」

「で、どうでえ？　下手人の目星は付いたのかえ？」

「付いたような、付いてねえような……」

「なんでえ、はっきりしろい」

「何しろ調べれば調べるほど、絵に描いたようなバカ息子でござんしてね。親の威光をかさに着てやりたい放題。あっちの岡場所、こっちの船宿、芸者に女郎に茶屋女、女中、仲居と。恨んでる店も恨んでる女も星の数でさあ。あの分じゃ、屋敷のお女中にも手を付けて、恨みを買ってるんじゃありませんかねえ」

俊六が吐き捨てるように言うと、神崎も苦虫を噛みつぶしたような顔をした。

「……ったく。見下げ果てた野郎だぜ。内海の殿さまも、とんだ疫病神がいなくなって、内心ホッとしてるのかも知れねえな」

江戸も後期になると連座制は廃止されているが、親が子供の不祥事の責任を取って役職を返上する事例は珍しくない。

二人が北へ向かって歩いていると、岩本町の通りで、瓦版の束を小脇に抱えた辰次と行き会った。辰次は神崎の前で立ち止まり、小腰を屈めた。

「おめえは、確か……？」

「深川万年町におりました錺職、辰次でございます。もう八年になりましょうか。その節はお世話になりました」

「おお、そうか。そんなになるか」

神崎は俊六を振り向いて、低い声で耳打ちした。

「前におめえの言っていた、仙台堀で殺された女の子の父親だ」

俊六はあっという顔になった。

「それにしても、おめえ、読売にでもなったのか？」

神崎は辰次が抱えている瓦版の束から一枚を抜き取った。

「……なるほど。しかし、どうしておめえがこんな真似を？」

ざっと見出しを眺めて、神崎は不審な目を向けた。

「実は、真坊……この医者の母親とあっしは、昔、夫婦約束をしておりました」

俊六も神崎も驚いて辰次を凝視した。

「ところが話が滞っているうちに、おゆみがあんなことになって、あっしは慣れ親しんだ深川を離れちまいました。それ以来、行き来も途絶えてたんですが、今度の話を聞いて、一肌脱ごうって気になりましたんで」

辰次は神崎と俊六の顔を交互に見て訴えた。

「あっしは決して、お上のなさることに楯突こうってんじゃねえんです。どこかに真坊の身の証を立ててくれる人がいるのなら、探し出してやりてえ。ただただ、その一心なんでさ」

神崎は辰次が拍子抜けするほどあっさりと頷いた。

「ま、せいぜい頑張んな」

「へ、へい」

狐につままれたような顔つきの辰次に、俊六が尋ねた。

「あの若先生は、子供の頃はどんなだったたい？」

「そりゃあ、もう……」

辰次は言葉を探すように、しばらく間を空けた。

「そんじょそこいらの餓鬼(がき)とは、まるで出来が違ってましたよ。蘭方(らんぽう)の偉いお医者になったと聞かされても、不思議にゃ思いません。真坊なら当たり前(めえ)だって気がします」

「ずいぶんと大人びて、周りの子供らからはのけ者にされていたんじゃねえかい？」

「そうでもありません。気の優しい、面倒見の良い子で、近所の子供らはみんな懐(なつ)いてましたっけ。真坊は子供のお守(も)りなんか退屈だったでしょうが、いやな顔もせずに遊んでやってましたよ」

「なるほどね」

俊六はそれだけ聞くと「手間を取らせたな」と言って、神崎を促し歩み去った。辰次は二人の後ろ姿を見て首をひねったが、すぐにくるりと踵(きびす)を返し、鍛冶町へと急いだ。

神崎とは途中で別れ、俊六は一人で豊島町の自身番にやってきた。

「先生、こんな物が出回っておりやすよ」

座敷に上がるなり、俊六は瓦版を取り出して牢格子の前に近づけた。真吉は格子の中から首を伸ばすようにして、瓦版の文字を読もうとした。目を細めて眉間にシワを寄せている。俊六は瓦版を格子の中に差し入れてやった。

「今頃は江戸中で評判になっているかも知れねえ」

俊六は独り言をつぶやき、煙草盆を引き寄せた。

真吉は内容を読み終わると、丁寧に畳んで懐(ふところ)にしまった。自身番とはいえ入牢している身なのに、毎日洗面を許され、下着の替えを差し入れされているせいか、薄汚れたところはまるでない。牢の中では食事と睡眠以外は端座して読書に明け暮れている。その様は学者そのもので、およそ入牢者に似つかわしくない。毎日見ている俊六でさえ、奇妙な錯覚を覚えるほどだ。

「先生は果報者だ。良いおっ母さんを持っていなさる」

俊六は煙管を外し、煙を吐き出した。

「でも、母親なら誰でも、子供のために精一杯尽くしてくれるのではないでしょうか？」

「とんでもねえ」

俊六は反吐でも吐き捨てるように言った。

「俺の母親は五つのとき、俺を夏祭りに連れていったきり帰らなかった。男と示し合わせて駆け落ちしたんでさ。子供の俺を隠れ蓑に使ってね」

そして、忌々しげに唇を歪めた。

「だから女は信用ならねえ」

真吉は俊六の端正な顔を見つめた。

「これまで、誰一人信じたことはないのですか？」

「ああ」

「そんなことはないでしょう」

「なんだって？」

「親分さんには、誰か信じている人がいるはずだ」

俊六は真吉の目を見返した。真っ直ぐ俊六に注がれる視線は鋭く、深く、えぐるように容赦がない。内臓の裏側まで見通すかと思われた。

「私には分かるんです。その人のことを想っておいでなのでしょう？」

俊六は自嘲気味に笑みを漏らした。

「先生には敵わねえ」

真吉はほとんど厳かと言えるような口調で尋ねた。

「それは、どのようなお方です？」

「先生のおっ母さんと同じ、わが子のためなら命も捨てようという女でしたよ」

俊六は煙管の吸い殻を落とし、立ち上がった。

「ねえ、ねえ、親分。もういい加減、あの医者を何とかしねえと」

歩きながら、幹太が俊六にぼやいた。子犬がまとわりついてキャンキャン鳴くのに似ていると、俊六は苦笑いした。

「そうさな」

「大番屋送りもせず、放免もせずじゃ、いくら神崎の旦那が黙ってたって、奉行所に申し開きが立ちませんぜ」

「まったくだ」

「さっさと大番屋へ送っちまいましょうよ。血の付いた脇差しという確かな手証もあるんですから」

「だから困るのよ」

「えっ？」

「あの医者が、そんなドジを踏むかよ」

　幹太はまだ話が見込めないで、キョトンとしている。

「てめえの刀で刺し殺して、それをまたわざわざてめえの部屋の中に転がしておくなんざ、多少気の利いた悪党ならするわけもねえ。まして野郎は啓明塾きっての秀才と謳われた出来物だ」

「それじゃ、親分は下手人は別にいると？」

「当たり前だ」

「じゃあ、なんで奴をお縄になんぞ？」

「街中に置いといたら、殺されたバカ侍の家の者が、奴を斬り殺すかも知れねえからよ」

「なある……」

幹太はそこではたと気が付いた。

「じゃあ、親分、下手人は誰なんです？」

「それはな……」


「ごめん下さい」

その日の昼前に、おせいの長屋を訪ねてきたのは身も知らぬ老人だった。しかし、人品骨柄（じんぴんこつがら）といい、着物や持ち物といい、一目で大店の隠居と分かる佇（たたず）まいだった。

「お初にお目にかかります。私は日本橋（にほんばし）の薬種問屋（やくしゅどんや）、能登（のと）屋の隠居、勘兵衛（かんべえ）と申します」

おせいは息を吞んだ。能登屋と言えば江戸一番の薬種問屋だった。

勘兵衛は懐から四つに折りたたんだ瓦版を取り出し、丁寧に広げておせいの前に差し出した。

「こちらが、この瓦版に出てくる真吉さんのお家ですか？」

「はい。私は真吉の母で、せいと申します」

勘兵衛は深々と頭を下げた。

「名乗り出るのが大変遅くなってしまいました。どうぞお許し下さい。昨日まで江戸を離れておりました。あの日、根岸で真吉さんに助けていただいたのは、私です」

勘兵衛をひと目見たときから予感はあった。しかし、予感が的中し、事実として目の前に立ち現れると、おせいの両の目からどっと涙が溢れ出した。

「おかみさん、どうぞお気を確かに。私はこれから豊島町の番屋に行って、お役人に話して参ります」

「ご隠居さま……」

後の言葉は涙で声にならなかった。ただ、これで真吉は救われたという喜びだけが、胸に迫ってきた。


「恥を申し上げますが、私は根岸に妾(めかけ)を囲っております。家の者に知れたら『年甲斐(としがい)もなく』と反対されるのは分かっているので、秘密にしておりました」

能登屋勘兵衛は入り婿で、家付き娘の女房は病身だがまだ健在だった。婿に入ってから店の身代を三倍にも大きくしたので、女くらい大いばりで囲えば良さそうなものだが、若い頃からの習慣で女房には遠慮があるのだった。

「あの日は妾と一緒に湯治に行く予定で、妾の家に行ったのです。その途中に具合を悪くして、若い蘭方の先生に助けていただきました」

勘兵衛が担ぎ込まれたのは、実は当の妾の家だった。妾は土地の百姓の後家である。

翌日、体調が回復したため、勘兵衛は妾と共に予定通り湯治（とうじ）に出掛けた。

「……そして、昨日江戸に戻ったのです。真吉さんのお母上が根岸へ通って懸命に人探しをなすったと聞き、申し訳なくて身の置き所のない心地がいたしました。私の不徳の致すところでございます」

勘兵衛は俊六と神崎の前で手をついて額を畳にこすりつけた。

「でも、今度のことで、私は心を入れ替える決心をいたしました。妾のことは家の者に話をして、店の近くに手頃な家を借りて住まわせようと思います。残り少ない人生、女房に遠慮して思いを残したくありません」

勘兵衛が胸を張って宣言したので、俊六も神崎も苦笑するしかなかった。

同じ頃、啓明塾にも吉報が届いていた。おせいに頼まれて、おさとが知らせに行ったのだ。

「おさき！　おさき！」

多代は喜びに頬を紅潮させて台所へ飛び込んだ。

「お嬢さん……？」

おさきは下働きの女中に指図して夕飯の支度に掛かっていたが、手を止めて立ち上がった。

「今、知らせが来たの！　探していたご老人が名乗り出たんですって。これで真吉は晴れて無罪放免よ！」

おさきはただ黙って頷いた。その唇は何か言おうとして開きかけたが、言葉にならず、小さくわななないて歪んだ。

「さ、迎えに行きましょう！」

「……はい」

多代に促され、おさきは襷を外して後に従った。しかし、勝手口で下駄を履き、小走りに表玄関に回ったところで、急にうずくまった。

「おさき、どうしたの？」

多代が驚いて走り寄った。

「おさき、しっかりして……」

おさきは苦痛に顔を歪め、力尽きたように地べたに倒れ込んだ。その足の間から鮮血が流れ出した。

「きゃーッ！」

多代の白足袋が見る間に赤く染まった。

おさきは診療所の布団に仰臥していた。目を開けると、枕元には多代と北川順平、そして西本芳斎の顔もあった。

芳斎は腕を組み、目を閉じて押し黙っている。順平も沈痛な面持ちだった。

二人とも医者だもの。もうすべてをお見通しなんだろう……。

おさきの唇に小さな笑みが浮かんだ。自嘲するような歪んだ微笑だ。そして、その顔にはすでに死相が浮かんでいた。あまりにも出血がひどくて、もはや手の施しようがないのだった。

「おさき……」

多代が涙の溜まった目で見下ろしている。

「おさき、しっかりして」

この甘ったれのバカ娘が……！

その顔を見ると、おさきは棘の付いた棒で胸の中を引っかき回されるような気持ちがする。愚図で頭が悪くて気の利かないこの娘は、西本芳斎を父親に持っているというだけの理由で、生まれてこの方苦労したことがなく、その上将来の幸福まで約束されているのだ。それに引き替え……。

「おさき、腹の子は……」

順平が沈痛な面持ちで言った。

みなまで聞かずにおさきは頷いた。流れたのは言われなくても分かっている。この身に起こったことなのだから。

「父親は内海恭之介だな？」

おや、さすがは塾頭。人が良いだけが取り柄の朴念仁だと思っていたけど、意外と見るとこは見てるんだ。真吉に岡惚れしてくよくよしてる姿にゃ笑ったが、他人の色事は分かるんだねえ。

おさきは順平を見直した。多代を見ると、驚いて口を開けている。おさきは笑いたくなった。

そう、あのろくでなしの放蕩者。今にして思えば、どうしてあんな出来損ないに引っかかってしまったのか、返す返すも残念でならない。

……あれは今年の小正月、藪入りの日だった。

おさきは親と死に別れ、帰る家がないので、藪入りでも芳齋の屋敷にいた。そこへどこかの子供が手紙を届けてきた。実家に帰っているはずの真吉からで、夕方是非にも会いたいという。日頃から真吉には特別な想いを抱いていたし、向こうの好意も感じていたので、疑いもせずに指定された船宿へ出掛けた。

先に着いて待っていると、やってきたのは恭之介だった。

だまされたと気付いたときには手遅れで、あっという間に組み敷かれ、手込めにされてしまった。男の力の前では抵抗など虚しいものだった。

「悪く思うな。俺は前からそなたが好きだったのだ」

腹の中は煮えくりかえっていた。絶対に、このままではすまさない。女中とはいえおさきは芳齋の亡き妻に可愛がられ、娘分として遇されているのだ。きず物にされて泣き寝入りなどするものか。芳齋に訴えて恭之介を破門させ、ついでに内海家にねじ込んで応分の慰謝料を出させてやると覚悟した。

「俺は啓明塾で医学を修めたら、分家して医者になる。そのときはそなたを妻に迎えるつもりだ」

予想だにしていなかった恭之介の言葉は、燃えさかる怒りの炎に水を差した。

「医者として生きるなら、士分は捨ててかまわぬ。武士でなくなれば、そなたを妻に娶っても、何ら不都合はない」

おさきは素早く頭の中で計算した。これは悪い話ではない。何と言っても恭之介は直参五千石の大旗本の四男坊だ。その妻になれるとは、大した出世ではないか。

「決して悪いようにはせぬ……」

恭之介は先ほどとは打って変わって、甘い声で囁いた。改めて身を任せると丁寧な愛撫で心を解かれ、様々な技巧で身体を蕩かされ、おさきは我知らず身をよじり、何度も声を上げていた。

そして初めての歓びにしびれた頭の片隅では、その日が来るまで絶対に他人に気付かれてはならないと自分に言い聞かせていた。何しろ不義はお家の御法度だ。ことが露見したら引き裂かれるに決まっている。

それからは月に数回、用事にかこつけて啓明塾を抜け出し、出会い茶屋で恭之介と密会を重ねた。回を重ねるごとに、おさきは恭之介の身体に馴染み、恭之介もまたおさきの身体にのめり込んでくるようだった。

「おまえの肌はすべすべと滑らかで、きめ細かくて、極上の羽二重のようだ。触ると手を押し返す弾力がある。商売女とはまるで違う」

恭之介は飽くことなく掌でおさきの肌を撫で、頬をすり寄せた。その後は必ず、舐めて吸って歯を立てて、小さな秘密の刻印を肌に押して喜んだ。乳首の際や太股の内側に鬱血の痕が増えるに従って、おさきの身体も柔らかく熟れていった。

「もう、おまえ無しではいられぬ……」

恭之介はいつもうわごとのように口走っては、おさきの中で果てた。その言葉に嘘はないと、おさきは信じた。

だが先月、恭之介は突然別れを告げた。養子の口が決まったので祝言を挙げる、と。これまでおさきと過ごした夜など存在しなかったかのように。

「それじゃ、あたしとの約束はどうなるんです？」

「これまで通りで良いではないか」

まるで屈託のない口調だった。自分の言葉がおさきをどれほど侮辱し、傷つけているか、気付こうともしないのだ。

「あたし、お腹に子が出来たのよ」

いつ言おうか悩んでいたとっておきの言葉を、投げつけるように口にした。恭之介は嘲笑った。

「誰の子か分かるものか」

おさきは一瞬耳を疑った。しかし、聞き間違いではなかった。

「そうであろうが。心では真吉を思いながら、俺の腕の中でよがり声を上げるような女だ」

恭之介は嘲るように言って、おさきを引き寄せた。おさきは衝撃のあまり肝が潰れて、その手を振り払う気力さえ失っていた。沈黙を承知と受け取って、恭之介はいつものように存分に交わった。その後はおさきを一人残して、平然と立ち去った。

殺すしかない……。

壊れた泥人形のようにぐったりと布団に身を横たえて、おさきは決意した。

恭之介はおさきも、子供も捨てる気だった。かつての約束は大嘘で、最初から弄んで捨てるつもりで手込めにしたのだろう。この場に至ってはっきりと分かった。今更ながら、あんなろくでなしの口約束にすがろうとした自分の浅はかさ、愚かしさが悔やまれた。あれが女の弱さだろうか。

あの日の夜、恭之介を回向院裏手に呼び出した。約束の刻限に来なければ、師の西本芳齋と恭之介の父・内海丹波守にすべてを訴えると凄んでやった。恭之介は放蕩三昧しているだけあって、女が自棄を起こすと厄介なことも承知している。絶対に来るはずだった。

おさきは真吉の部屋から芳齋の脇差しを持ち出し、物陰に隠れて恭之介が現れるのを待った。真吉が芳齋から脇差しを与えられたことは、啓明塾ではみな知っていた。そして、酔っぱらった恭之介がやってくると、脇差しを抜いて、背後から突きかかった。

脇差しはずぶりと恭之介の身体に突き刺さった。切っ先は骨に当たることもなく、臓腑をえぐって一気に腹まで貫いた。恭之介は悲鳴も上げず、膝から崩れて前のめりに倒れた。おさきは恭之介の腰の辺りを足で踏み、両手で柄を握って思い切り脇差しを引き抜いた。それでさらに傷口が広がったのだろう。ドクドクと血が溢れ出し、恭之介の身体は二、三度大きく痙攣して、動かなくなった。

おさきは脇差しを鞘に納めて啓明塾へ戻った。そして、こっそりと真吉の行李の中に戻しておいた。

「……なぜ？」

多代が震える声で尋ねた。

「どうしてそんなことを？」

おさきは多代を見てフンと鼻先で笑った。毒蛾のまき散らす鱗粉のように、おさきの目の中で毒々しく火花が弾けた。

「真吉さんをお嬢さんに渡したくなかった」

多代はまたしても息を呑み、驚きのあまり目を見開いて呆然としている。

このバカ娘。そんなことも分からないの？

心の中で嘲りながらも、おさきは晴れ晴れとした気分だった。生まれて初めて、正直に自分の気持ちを打ち明けたのだから。

そう、あたしは真吉が好きだった。あたしだけじゃない、女なら誰でも、男だって真吉が好きになる。でも、あたしには分かっていた。真吉はあたしと夫婦になる気など微塵もないと。

……無理もない。日本一の蘭方医の娘と大店の後家が夢中になっているのだもの。損得を考えたら、金と力のある方になびくのが当然だ。

割り切っていたつもりなのに、いざ真吉の婿入りの話が決まると、あたしは我慢できなかった。力のある親の下に生まれたというだけで、バカで役立たずの娘でも真吉を婿に取ることが出来る。あたしは多代の百倍も役に立つのに、貧乏で力がないから、真吉を諦めなくてはならない。こんな理不尽があるだろうか。

恭之介の口車に乗って身を任せてしまったのも、本当は身分の高い男の妻になって、真吉と多代を見返してやりたかったからだ。決して二人の下にはなりたくなかった。せめて対等でいたかった……。

真吉が悪いわけじゃない。いつだって優しくて親切で気が利いて、あたしには良くしてくれた。

今だって真吉が好きだ。恭之介と寝るようになってから、前にも増して真吉が好きになった。恭之介の言う通り。あたしはいつもあいつに抱かれながら、これが真吉だったらどんなに幸せだろうと、密かに思っていた。

でも、いいえ、だからこそ、あたし以外の女と幸せに暮らす真吉の姿は見たくなかった。

だってあたしは不幸せなんだもの。あたしがこんなに不幸せなのに、幸せな真吉の姿なんか見たくない……。

決してあたしのものにならない真吉なら、いっそこの世から消えてなくなってほしかった。

あたしはやり直すつもりでいた。お腹の子を流して、今度こそ真面目で実のある、あたしを幸せにしてくれる男を見つけて、新しく出直すつもりでいた。それなのに……。

そう、確かに半分はうまくいった。毎晩冷たい井戸水を浴びたお陰で、やっと子は流れてくれた。

ところが、まさか流したつもりの子に道連れにされようとは、何とも皮肉な話じゃないか。因果応報ってやつだろうか。

おさきは大きく息を吐いた。目を開けているが、どんどん暗くなってきて、もう人の顔もはっきりとは見えない。

……あたしはいったい、いつからこんな女になってしまったんだろう？

闇の底に引き込まれそうになりながらも、おさきは記憶の糸をたぐり寄せた。

奥さまが生きていらっしゃる頃は、まるで違っていた。あたしは奥さまに教えられた通り、他人の喜びを共に喜び、悲しみを共に悲しむことが出来たように思う。変わってしまったのは、奥さまが亡くなって……。

真吉が啓明塾に来てからかも知れない。まだほんの子供だったけど、それでも真吉が特別なことはひと目で分かった。

真吉が何かしたわけじゃない。真吉と一つ屋根の下で暮らすうちに、あたしの気持ちが段々変わってきたんだと思う。きっと真吉と出会って、あたしの中に元々あった毒性（どくしょう）が、芽を吹いて蕾（つぼみ）を付け、花開いたんだろう。いずれにしても、真吉はあたしの、この世にたった一人の、大事な男だった。

「真吉さん……」

おさきは蚊（か）の鳴くような声でつぶやくと、最後の息を吐いて、この世から消えていった。

その八　風待心中

真吉がご放免になる日、おせいは自身番に駆けつけた。

この一件は今や江戸中の話題をさらっていたから、番屋の前は野次馬で黒山の人だかりだった。戸が開き、真吉が外に出てくると、群衆からは一斉に歓声が上がった。

真吉は立ったまま、周囲を見回した。人混みの中でも、すぐに目指す顔は見つかった。

真吉が目指す方向に踏み出すのと、おせいが人の輪の中から飛び出すのはほとんど同時だった。

「真吉！」

「おっ母さん！」

　おせいは真吉に抱きつき、泣き崩れた。真吉はおせいを支えながら、必死に涙を堪えていた。二人の姿に、見物の野次馬も涙を誘われた。

　それは早速瓦版のネタになり、翌日には江戸中で売りさばかれた。

　せっかくの母子の対面だったが、真吉はおせいの長屋へは寄らず、まっすぐ西本芳齋の屋敷に戻ることにした。

「だって、せめて今日くらい母子水入らずで……」

「悪いけど、俺はまず先生にお礼を申し上げないといけない。先生のところも、今は取り込みで大変なんだ。出来るだけ手伝って、お力にならないと……」

　真吉はがっかりしているおせいに、噛んで含めるように言った。

「二、三日中に、先生のお許しを得て里帰りさせてもらうから。積もる話は、そのときゆっくりしよう、おっ母さん」

「分かったよ。待ってるからね」

　おせいは真吉と共に芳齋の屋敷を訪れ、お礼を述べて一人で長屋に帰った。

「先生、ご心配をお掛けいたしました。どうぞお許し下さい」

　真吉は改めて芳齋の前に手をついた。

「さぞ辛かったであろう。だが、無事で何よりだ。おまえの無実を疑ったことはないが、こうして元気な姿を見るまでは、生きた心地がしなかったぞ」

「勿体ないお言葉でございます」

真吉は顔を上げてまじまじと芳齋を見つめた。心労の故か憔悴の色が濃く、わずかの間にいくつも年を取ったように見える。事件のあらましは堀留の俊六から聞いていた。真吉の捕縛とおさきの一件がよほど堪えたのだろう。

「先生、おさきさんのことですが……」

芳齋の顔に苦渋の色が広がった。

「身寄りがないと聞いております。墓など、どのようになるのでしょうか？」

芳齋は悩ましげに眉をひそめ、溜息を吐いてから口を開いた。

「おさきは死んだ家内が手塩に掛けて育てた、謂わば娘分のような者だ。あれの罪は罪として、わしも監督不行届の責は免れぬ。無縁仏にするのはあまりにも不憫だ。我が家の菩提寺に葬ってやろうと思う」

「それを聞いて安堵いたしました」

芳齋はわずかに眉を開いた。

「おさきを恨んではおらぬのか？」

「おさきさんに罪はありません。悪いのは内海恭之介です」

　真吉は憤然として言った。

「恭之介の毒牙に掛からなければ、おさきさんが罪を犯すことはありませんでした。私は恭之介を憎んでいますが、おさきさんにはまったく恨みはありません」

　芳齋は真吉の言葉に鞭打たれるかのように、視線を落とした。

「啓明塾に引き取られて以来、おさきさんには本当に親切にしていただきました。私には姉のような人です。私は生涯、おさきさんの菩提を弔っていくつもりです」

「……そうか」

　真吉は重ねて芳齋に問いかけた。

「内海の家では、恭之介は不慮の事故死として届けを出すと聞きましたが、まことでしょうか?」

「わしも詳しくは知らぬが、おそらく真実であろう。だまして捨てた女に刺し殺されたでは、直参五千石の面目が立たぬからな」

　内海家が各方面に手を回して事件をもみ消したであろうことは、容易に想像が付いた。

「これで恭之介の父親が御書院番頭のお役を御免になれば、万々歳なのですが」

真吉はまるで同情のない口調で言い捨てた。

「失礼いたします」

障子が開いて、多代が入ってきた。

「お嬢さま、母をお見舞いいただきましたそうで、ありがとうございました」

「良いのよ。当たり前のことですもの」

多代は芳齋の隣に座り、父親の横顔を窺った。

「ねえ、お父さま、真吉をしばらく母上のところへ帰して差し上げて下さいませ。ずいぶんと辛い思いをしたんですもの。母子水入らずで、のんびりさせてあげましょう」

「それが良いかもしれぬな」

芳齋はいくぶんホッとした顔になった。

「二、三日は祝いの客が絶えまい。尽力してくれた益田屋にも挨拶に行かねばならぬ。それが済んだら、母親の元へ帰って、ゆっくりと骨休めをしてくるが良い。来月早々にも長崎へ出発だ。一度江戸を離れたら、三年は会えぬからな」

「先生、お嬢さま、お心遣いありがとう存じます」

真吉は笑顔になって、頭を下げた。

真吉が放免されたその日から、芳齋の屋敷には祝いの客がひっきりなしに訪れてごった返した。

客の応対に追われる間も、真吉には順平がぴたりと寄り添っていた。まるで一朝事あらば身を挺して守ろうとでもするかのように。

芳齋の患者には大店の主人や大名旗本が何人もいる。その遣いの番頭や用人たちが角樽や菓子、尾頭付きの鯛、あるいは米俵など祝いの品を携えてやってきた。

それに加えて、日頃世話になっている長屋住まいの貧しい患者たちまで、ひと目真吉を見ようと押しかける始末だった。大広間は積み上げられた祝いの品で、半分以上が埋まってしまった。

「こんなに大勢の人たちが、真吉の無事を喜んでいるのね」

広間の中程に立って、多代が真吉を振り返った。今は五ツ半（午前九時）少し前で、朝食が終わり、すぐに午前の診療が始まる時刻だった。

「まさか。すべて芳齋先生のご威光ですよ」

「真吉はいつも謙虚ね」

真吉はにっこり笑って首を振る。今日はこれから里帰りで、三日は泊まってくる予定だった。嬉しそうなのはそのせいだろう。

「お母さまによろしく仰ってね」

「この時期に里帰り出来るのは、お嬢さまの口添えがあったからです。本当にありがとうございます」

多代は面映ゆそうに瞬きした。

「私、あまり気が利かないでしょ。だから真吉のお嫁さんになったら、一生懸命努力するわ。至らないところが沢山あると思うけど、一つずつ、直していくわ」

「お嬢さま」

真吉は多代に一歩近づいた。袖が触れ合うほど真吉が近くに来たので、多代は胸がドキドキと高鳴って、呼吸が荒くなった。

「そんなご心配は無用です。私は今のままのお嬢さまで充分です」

真吉の切れ長の美しい目が自分の顔に注がれていることに、多代は誇りと共に恐れを感じた。

「お嬢さまは大きな宝を持っておいでです。優しさと大らかさです。この二つの宝を大切にして下されば、私は他に何も要りません」

真吉の上半身が傾き、唇が多代の唇に重なった。歯を割って舌がするりと侵入したかと思うと、次の瞬間には軽く吸われて、あっと思ったときには唇は離れていた。多代は気が遠くなり、真吉の胸に倒れ込んだ。

「先生には内緒ですよ」

真吉は耳元で囁きながら、人差し指で顎の下をさっと撫でた。多代は真吉の胸にすがりつき、操り人形のように何度も頷いた。

次郎兵衛店は朝から大騒ぎだった。今日はおせいの元へ真吉が帰ってくるのだ。今や真吉はちょっとした「時の人」だった。瓦版に書き立てられ、江戸中の話題をさらう勢いだ。

「今日は晴れて親子の対面だって？　良かったねえ」

早朝、おせいが井戸端へ米を研ぎに行くと、先に来ていた隣家のおかねが愛想笑いを浮かべて言った。

「ええ。先生のお許しが出たんで、二、三日泊まっていけることになったんですよ」

おせいもにっこり笑って答えたが、内心は胸くそが悪かった。真吉がお縄になってからというもの、おかねを始め長屋の住人がどれほど自分を白い目で見たか、冷たく関わり合いを避けたか、忘れてはいない。それがご放免が決まった途端、掌(てのひら)を返すように愛想笑いを浮かべてすり寄ってきたのだ。

真吉が長崎から戻ってきたら、一日も早くこんな所から出ていこう。真吉は一緒に暮らそうと言ってくれたけど、それじゃあの子も気兼ねだろう。近くに住まいを借りて、三日に一度、いや五日に一度で良い、元気な顔が見られれば……。

内心ではそんなことを考えながら、おせいは手早く米を研ぎ、そそくさと家に戻った。

米は真吉が帰ってから炊くつもりだった。昼には炊きたての飯を食べさせてやりたい。味噌汁は冬瓜(とうがん)と茗荷(みょうが)、サヤインゲンのゴマ和(あ)え、冷や奴(やっこ)、お新香は白瓜の糠漬(ぬかづ)け。それから何か魚をおごってやろう。二ツ目之橋のたもとに来るかつぎ売りは品が良いから、ちょっと覗(のぞ)いてみよう……。

台所で昼飯の支度(したく)を始めると、いつの間にか鼻歌を歌っていた。自分のあまりの浮かれぶりがおかしくて、おせいは小さく笑った。つい三日前まで、この世の終わりが近づいたような心持ちでいたというのに。

かつぎ売りの魚屋から鰈(かれい)を買い、甘辛く煮付け上がった頃、表が騒がしくなった。家の中にいても声が聞こえてくる。

「若先生、おめでとうございます」

「ありがとうございます。ご心配お掛けしました」

「ご無事でお戻りで、何よりでしたねえ」

「留守中、母がお世話になりました」

そんなやりとりの後で、ガラリと戸が開いた。

「おっ母さん！」

真吉は満面の笑みを浮かべて戸口に立った。おせいの丹精したおろしたての帷子に袖を通し、風呂に入って髭も当たっていて、番屋の前で対面したときよりずっと身綺麗になっていた。親の欲目なのか、牢屋に入る前よりさらに美しさが増したように思われた。

「おかえり！」

おせいも土間に飛び降りた。

「お腹空いたろう？」

真吉はクスリと笑った。

「おっ母さん、俺はもう子供じゃないんだよ。他に言うことはないのかい？」

「なに言ってんだい。いくつになったって、母親から見りゃ子供は子供だよ」

「違いない」

「さ、お上がり。すぐにお昼だからね」

軽口を叩き合いながら、おせいは幸福で胸がいっぱいになった。またこんなひとときを迎えられることが、夢のようだった。

真吉は西本芳齋から祝いの品をあれこれ託かってきたが、おせいの長屋にも大家や地主、町役人などから祝儀が届けられた。

驚いたのは、うめ川の女将が番頭を供に従えて、自ら長屋を訪れたことだった。戸惑いを隠せないおせいの前で、女将は狭い長屋の土間に立ち、こぼれるような笑顔を振りまいた。

「おせいさん、この度はおめでとう存じました。瓦版を読みましたよ。母の一念は岩をも通すってことでしょうねえ」

次におせいの隣にいる真吉に目を遣り、大袈裟に目を丸くした。

「まあ、若先生。お噂はかねがね耳にしておりましたけど、ほんに役者にもいないような男ぶりでいらっしゃる。それが芳齋先生の啓明塾でも出藍の誉れ高い秀才なんて、天は二物も三物も与えるものでございますねえ」

「これはまた、身に余るお言葉です」

女将がちらりと振り返ると、番頭の合図で、下働きの男衆が角樽と尾頭付きの鯛を土間に運び込んだ。

「こちらはおせいさんと若先生に。ほんの気持ちですよ」

おせいは困惑して、真吉の顔をちらりと見た。意外なことに平然として落ち着き払っている。

「過分なお品をありがとうございます」

真吉は鷹揚に頷いて、軽く頭を下げた。おせいは年若い医者にしては少し偉そうではないかと思ったが、うめ川の女将はそうは思わなかったらしい。惚れ惚れとした顔で溜息を吐いたものだ。

「長崎からお帰りになりましたら、どうぞうちの店にお立ち寄り下さい。若先生はやがては日本一の名医になられるお方ですもの。盛大にお祝いさせていただきますよ」

「ありがとう、女将さん。そのときはどうぞ、よろしく頼みます」

女将はおせいに目を移した。

「おせいさん、お幸せですねえ。ご立派な息子さんをお持ちで」

「畏れ入ります」

おせいは目を合わせるのを避けて頭を下げた。

「秋の更衣(ころもがえ)に備えて、袷(あわせ)の仕立てが溜まっていてね。また、頼まれておくれな」

女将はとびきりの笑顔を置き土産(みやげ)に、長屋を出ていった。

「おまえが放免になった途端、掌を返しやがって……」

おせいは吐き捨てるように言った。

「良いじゃないか。そういう人間だと割り切って付き合えばいいのさ」

真吉はまるで頓着(とんちゃく)せず、立派な鯛を見下ろした。

「すごいなあ。目の下一尺あるかも知れない。とても二人じゃ食べ切れないや」

「そうだねえ。おばさんも呼んで……」

おせいはあわてて口をつぐんだ。おとせの死があまりにも急だったので、まだ完全に信じられないのだ。

しんみりしそうになる気持ちを吹き飛ばすように、真吉がことさら明るい声で言った。

「そうだ！　いっそ、全部長屋の人にくれてやろうよ。うちは芳齋先生にいただいたお土産がいっぱいあるんだし」

「そうだね。それが良い。いっそ胸がせいせいする」

おせいは表に出ると、同じ棟割り長屋の家に声をかけて回った。

翌日になっても来客は引きも切らずで、なかなか母子水入らずにはなれなかった。

そんな中、真吉がことのほか喜んだのは、芳齋の寺子屋の子供たちの訪れだった。上は十一歳から下は五歳まで、十人ほどが連れ立って、真吉恋しさに大川を渡って会いに来たのだ。

「みんな、よく来たなあ！」

真吉は子供たちを狭い家の中に上げた。

「おっ母さん、菓子を出しておくれよ」

子供がぎゅうぎゅう詰めで足の踏み場もないくらいだが、上機嫌で一人一人の頭を撫でている。

「折角来てくれたんだ。今日はみんなで遊ぼう」

子供たちがどっと歓声を上げた。

おせいはみなに饅頭と煎餅を配りながら、半ば呆れて真吉を眺めた。

この子はほんとに子供好きなんだねえ……。

しりとり遊びの次は指相撲。それから鼻をくっつけ合って鼻相撲。真吉がふざけて相手の女の子の頬っぺたをペロッと舌で舐めた。女の子がキャッキャッと笑い声を立てた。

ふと、おせいはそんな光景を何処かで見たような気がした。

あれは……そう、昔、おゆみちゃんと……。

辰次の娘のおゆみとも、そうやってふざけ合っていた。その頃の真吉は少年で、今は立派な大人なのに、どういうわけか幼い少女とたわむれている姿に少年の頃の真吉が重なって見えた。

すると、胸に小さなしこりが出来たような、妙な異和感が生じた。その正体が何か、おせい自身にも見当が付かなかったが。


真吉が長屋で過ごした三日間はあっという間に過ぎてしまった。二人が同じ屋根の下にいられるのは今日限りで、明日の朝に真吉は芳齋の屋敷へ帰らなくてはならない。そして、十日後には長崎へ旅立つことが決まっていた。

数え十一歳で奉公に出て以来、真吉が三日も家に泊まったことは今日までなかった。そしてこの三日が終わると、次は三年の別れが待っているのだ。

おせいは湿っぽくならないように、朝から自分を叱咤した。油断すると泣きたくなってしまう。旅立ちまでには日があるが、それでも長旅を控えた真吉に涙は不吉だと言い聞かせた。

「ねえ、今日は昼のうちに一緒に一番湯屋に行こうか？」

「ああ、そうしよう」

湯屋は朝五ツ（午前八時）から宵五ツ（午後八時）までやっているから、朝風呂にも入れる。町方の与力・同心は朝のうちに女湯を貸しきりにして入浴した。

その日、二人は子供の頃のように一緒に湯屋に行き、帰りも待ち合わせて並んで歩いた。行き交う人は男も女も、みんな真吉をちらりと見た。振り返らぬまでも目で追っていた。

おせいは内心得意でもあり、同時に何故か寂しくもあった。おそらく、これから真吉はもっと人に見られるようになるだろう。姿形が美しいからではなく、医者としての業績で注目を集めるだろう。そして、ますますおせいの手の届かない高みに……。

「ああ、いい風だなあ」

大川から吹く風を受けて、真吉が目を細めた。まだ夕暮れには間があるが日盛りは過ぎていて、汗ばむほど暑くはない。穏やかな風だが、湯上がりの火照った肌に心地良かった。

「おっ母さん、六月のことを風待月って言うんだよ。待っているのはきっと、こんな風のことなんだろうね」

「風待月？　初めて聞くよ。六月は水無月かと思った」

梅雨が明けて水が足りなくなるから水無月と聞いていた。

「他にも色々言うんだよ。季夏とか常夏月とか。でも、俺は風待月が一番好きだな」

もの知りだね……と相槌を打とうとしておせいは足を止めた。向こうからやってくるのは堀留の俊六だった。俊六も二人に気が付いていた。

「堀留の親分さん、その節はありがとう存じました」

おせいは深々と腰を折り、頭を下げた。俊六が真吉を大番屋へ送らず、ずっと自身番に留めて置いてくれたお陰で、拷問交じりの厳しい詮議を受けずにすんだのだった。

「よしてくれ、おかみさん。下手人を挙げられなかったのは俺の手落ちだ。面目ねえ」

「いいえ。あのまま啓明塾にいたら、内海家の家来に手打ちにされていたかも知れません。親分さんは私の命の恩人ですよ」

　真吉も穏やかに言い添えた。

「何にせよ、若先生がご無事でよござんした。近々長崎へご出立だそうで、道中お気を付けなすって」

　俊六はそう言って二人とは反対の方向へ歩いていった。

「やっぱり評判の捕り物名人だ。あの親分にお縄になっていなければ、今頃おまえはどうなっていたか……」

「まったくだ。恩人が増える一方さ」

　真吉はからかうように言って、歩き始めた。

　長屋の木戸を入ると、おかねに呼び止められた。

「今、亭主が帰ってきたとこでさ」

　おかねの亭主は経師屋だった。

「仕事で浅草に呼ばれて、土産に買ってきたんだ。鯛とお酒のお返しにゃあならないけどさ、気は心だから」

　おかねの差し出したのは、浅草餅だった。

「好物なんですよ。ありがとうございます」

おせいは菓子折を受け取り、家に入った。

「ちょうど良かった。おやつにしようよ」

真吉は部屋に上がるが早いか、包みを開いた。

「お待ちよ。今、お茶を淹れるから」

美味そうに浅草餅を頰張っている真吉を見ると、どうしてもおとせのことが思い出された。甘味断ちを終えたおとせが最後に食べた菓子が浅草餅だった。せめて真吉が立派な医者になった姿を見せたかったと、またしてもしんみり湿りがちになる。

「おやつはほどほどにおしよ。今日は最後の夕飯だから、おっ母さん、張り切って御馳走作るんだから」

「はい、はい」

おせいは襷を掛けて、台所に降りた。

その夜のことだった。

夕飯の片付けも終わり、真吉は浴衣姿で団扇を使っていた。撫でるような夜風が吹いて、縁側の蚊遣りの煙がたなびき、風鈴が穏やかな音で鳴った。

「そろそろ、寝るとしようか。明日は早いからね」

いつまでも差し向かいで座っていたかったが、きりがないのでおせいは言った。蚊帳をつるのでちゃぶ台を片付けようとして、ふと部屋の隅に置いた浅草餅の折が目に止まった。

急にあの日の光景が目の前に蘇った。おとせの部屋の隅に押しやられた浅草餅の菓子折。浅草の仲見世にある金龍山の名物……。

「どうやって買ったんだろう？」

自分でも知らぬうちにつぶやいていた。

「なんだい？」

おせいは我に返って首を振った。

「何でもないよ。つまらないことさ」

「気になるな。言ってごらんよ」

「おばさんの家にあった浅草餅だよ。あの日は店を開けていたから、浅草まで買い物に行けるわけがない。それなのにどうやって買ってきたのかと思ってね」

「もらいもんだろう。じゃなきゃ、人に頼んだか」

「……そんなことないよ」

おせいは次第にはっきりと思い出してきた。

「だって、おばさんが甘い物断ちを止めたって知ってるのは、あたしとお前しかいないんだもの。他の人はみんな、おばさんは甘いものは食べないと思ってたのに……」

おせいはそこで言葉を切った。真吉がじっと見つめている。いつもとはまるで違う、冷たく鋭い、刺すような眼差しで。

「……おまえかえ？」

真吉はゆっくりと頷いた。

「ああ。あの日、浅草に往診に行って、帰りにおばさんの店に寄ったんだ。浅草餅を手土産に」

「なぜ、今まで黙ってたんだえ？」

「別に、理由なんかないさ。特に言う必要もないと思ったからだよ」

「だって、おばさんが亡くなった日なんだよ。言わないなんておかしいじゃないか。あたしだって聞きたかったよ。亡くなる前におばさんがどんな様子だったか」

言いかけて、おせいは気が付いた。

「そうだよ。生きてるおばさんに最後に会ったのはおまえなんだ。それをどうして……」

　おせいはただひたすら不可解で、小首をかしげた。それを見て、真吉はクスッと笑いを漏らした。

「俺がおばさんを殺したのを、知られちゃ不味いと思ってさ」

　おせいは本気にしなかった。

「悪い冗談はおよし。おばさんは心の臓の発作だって、お医者さまが……」

「濡れ紙で鼻と口を塞ぐと、外目に傷は残らない。町医者が診たって分かるまい」

　真吉は哀れむように言った。

　おせいはまだ、何が何だか分からなかった。

「そんな……嘘だろ？　どうしておまえがおばさんを殺さなくちゃならないんだえ？」

「昔、辰次の娘のおゆみにいたずらしてるとこを見つかっちまってね。他言しないと約束してくれたんだが、おばさんも近頃は年のせいか気がゆるんできたから、うっかり口をすべらさないとも限らない。悪い噂が立ったら困るし、何より、おゆみを殺したのが俺だと勘づかれたら大変だ」

　真吉はこともなげに言った。

おせいはただ呆然としていた。最初の衝撃に襲われて頭がしびれているところへ、間を置かずに次の衝撃が襲ってきて、今や全身がしびれてしまった。もはやものを言う気力もない。

少年の頃、おゆみとふざけ合って頰を舐めたときの真吉の様子が目の前にはっきりと蘇った。あのときの、おゆみを見る真吉の目。あの目は……。

ただ、頭の隅で声がする。

……ねえさんがそんなことするはずないじゃないか。子供のいたずらと思って、すっかり忘れていたに違いないよ。だって、少しでも気にしていたら、必ずあたしにひと言言ったはずだもの。何も言わなかったのは、何とも思っていなかったからだよ。ねえさんは、毛筋ほどもおまえを疑っちゃいなかった。最後まで信じ切っていたんだよ。ねえ、真吉……。

「ついでだから教えといてやるよ。柳原土手と東堀留川の子供殺し、あれは俺がやったことさ」

幹太は飲み込もうとした酒に咽せ、ゲホゲホと盛大に咳をした。

時刻は宵五ツを過ぎようという頃で、場所は堀留の俊六の弟、七平が営んでいる店の小上がりだ。差し向かいで飲んでいる相手はもちろん、俊六だった。

「お、親分は、あの医者が子供殺しの下手人だって言うんですか？」

俊六は頷き、不味そうに猪口を干した。

「で、でも、親分だって言ったじゃありませんか。偉いお医者の弟子で、もの凄い大秀才だって。そんなご立派な男が、どうしてあんな酷え真似を……？」

「そいつぁ分からねえな。本人に聞いてみねえことには」

俊六は徳利の酒を猪口に注いだ。

「殺された子供の親はみんな、うちの娘は利発でしっかりしていて、見知らぬ男について行くはずがねえ、と口を揃えて言っていた。だが、相手がよく知っている男ならどうだ？」

「へ……？」

「殺された二人の女の子、いや、八年前に殺された辰次の娘も入れれば三人だが、みんなあの医者と顔見知りだった。おまけに親からして奴に惚れ込んで崇め奉っていた。子供は奴に言われりゃ、素直に従うだろうよ」

そして苦々しげに付け加えた。

「何しろあの色男ぶりだ。子供心に岡惚れしたって不思議はねえ」

柳原土手で殺されたおきみの死体を発見したのは真吉だった。行方を探しているうちに、小屋の前の草むらに落ちているおきみの守り袋を見つけ、中の死体に行き着いたという申し立てだった。

「おめえも草っぱらで財布を落として往生したから分かるだろう。いくら提灯があっても、夜の原っぱで小さな落とし物を探し出すのは、そりゃあ骨だぜ。万に一つの僥倖だ。よほど目の良い奴かと思ったが……」

牢屋で瓦版を見せたときにはっきり分かった。

「奴は近目だった。子供の頃から本を読み過ぎたんだろうな、きっと」

俊六は空になった徳利を持ち上げ、追加を注文した。

「どうして奴は、自分が殺した子供の死体を、わざわざ自分で見つけたんです？」

「今にして思えば、見回りに出歩く口実が欲しかったのかもな」

「口実？」

「次の獲物を探す口実よ」

幹太はぞっとして身を震わせた。

「親分は、いったいいつから、奴が怪しいと気付いていたんで？」

「最初に会って、奴の目を見たときだ」

そのときのことを思い出したのか、俊六の顔が緊張で顔が引き締まった。

「奴の目は人を見る目じゃなかった。物を見る目だった」

「……というと？」

「人を物と思っているなら、何でも出来るってことさ。どんな立派なことも、どれほど酷たらしいことも、同じようにしてのけられるだろう。気が咎めることも、気に病むことも一切無しに」

俊六は徳利の酒を一息で干すと、呻くように言った。

「あれは人じゃねえ。化け物だ」

幹太は思わずぞくりと肩をすくめた。

「あの化け物がいくらか人に戻るのが母親の前だ。……と言っても世間並の孝行なんぞするタマじゃねえが」


おせいにはもう、何が何やらまったく分からなくなっていた。頭はしびれ、身体は小刻みに震えている。身体中の感覚が消えてしまったようで、暑いのか寒いのか、泣いているのか笑っているのかも分からない。生きている心地がしないのだ。

それなのに、勝手に舌が動いた。誰かがおせいに乗り移り、しゃべっているかのようだった。

「どうして……どうしてそんなことを？　理由を言っとくれ」

「わけ？　そんなものないさ。生まれつきだよ」

真吉は当たり前のように答えた。

「俺が小さい頃から神童と騒がれ、長じて啓明塾始まって以来の俊英と褒めそやされたのは、別にお父っつぁんやおっ母さんのお陰じゃない。持って生まれた俺の才だ。同じように、俺が小さい子を犯して殺すのが好きなのも、別にお父っつぁんやおっ母さんのせいじゃない。持って生まれた俺の性なんだよ」

真吉は得意そうに語ってから、苦々しげに顔をしかめた。

「物心ついた頃から、俺の周りにはいつでも女がすり寄ってきて、揃いも揃って雌犬みたいに鼻を鳴らしやがる。ところがそんなものは俺の心を毛筋ほども動かさない。何とも皮肉な話じゃねえか」

そして、思い出したように付け足した。

「そうそう、おさき。あの女には感謝している。実によく役に立ってくれた」

奉公に出てすぐ、真吉は女中頭を味方に付けると、同輩に比べて優遇されると気が付いた。だから益田屋でおとみに取り入ったように、啓明塾ではおさきに取り入った。二人とも、陰になり日向になり、真吉をかばってくれたものだ。

「でも、まさか俺の代わりに内海のバカ息子を殺してくれるとまでは思わなかった。お陰で手間が省けたってもんだ。あの女はまことによくやってくれたよ」

もっとも、多少残念ではあった。真吉は長崎に行く前に恭之介を殺す計画だったが、ひと思いに殺してはつまらないので、極力恐怖と苦痛を与える方法を考えているところだった。しかし、楽しみは女の子たちで充分味わったので、恭之介殺しは時間の節約になったと思って、諦めることにした。

「でも、あの女は、おまえに濡れ衣を着せたんだよ。お陰で番屋にしょっ引かれて、ひどい目に遭わされたのに……」

「能登屋の隠居の件は悪かったな、おっ母さん。根岸まで何度も無駄足させちまって」

真吉は気の毒そうな顔をした。

「実のところ、俺はあのじいさんの煙草入れの紋を見て、最初から能登屋の隠居だって分かってたのさ。何しろ能登屋は江戸一番の薬種問屋だから、あの紋はお馴染みでね。じいさんが現れるのがあと一日遅れたら、自分から言い出そうと思ってたんだよ」

真吉は噛んで含めるように、ゆっくりと先を続けた。

「どうしてわざわざ捕まったのかって？　それはあの岡っ引き、堀留の俊六を俺から遠ざけるためさ」

真吉は不快そうに眉をひそめた。

「あいつはバカじゃない。どころか、大した切れ者さ。何しろ、ひと目で俺の本性を見抜いたんだからな」

放っておいたら、思いもよらぬ証拠を摑んで、真吉を幼女殺しの下手人としてお縄にするかも知れない。俊六を牽制する方法はないかと考えていたとき、恭之介殺しの嫌疑を掛けられたのだった。

「まさに青天の霹靂だった。殺しの濡れ衣を掛けられるとは夢にも思わなかったからな。しかし、これを利用すれば奴の動きを縛れると思いついた」

殺しの嫌疑でお縄にした真吉が、身の証を立てて無罪放免されたなら、俊六にとっては大きな痛手になる。次に真吉をお縄にしようと思ったら、よほど確かな証拠が無くては動けないだろう。二度の失敗は捕り物名人と謳われる俊六の致命傷になるからだ。

「狙いは見事にはまったよ。今となっては如何に俺を怪しんだところで、容易に手は出せまい。俊六が手証を探している間に俺は長崎へ行ってしまう。三年経って江戸に戻ってきたときにゃ、もう岡っ引き風情が手出しの出来ない身分になっているさ」

　おせいは声も立てずに涙を流していた。しかし、自分が泣いていることさえ気が付いていなかった。

「相手は子供なんだよ。何も、子供を殺さなくたって……」

「それが俺の性だと言っただろう」

　真吉は遠くを見る目つきになった。

「……俺は、まだ女になる前の、小さくて可愛い子じゃないとその気にならないのさ」

　初めて殺したおゆみ。いつも真吉を慕って、後を追いかけてきた。日に日に可愛らしくなって、食べてしまいたいほどだった。ちょっといたずらしたらびっくりして泣き出したが、それで真吉を嫌いになることはなかった。真吉が奉公に上がって毎日会えなくなったのが、寂しくてたまらないと言っていた。

　藪入りの日、日が暮れてから人気のない神社の祠に連れ込んで犯してやった。騒いで抵抗したので首を絞めて押さえつけたら死んでしまった。しかし、そのときの快感はずっと後になるまで真吉を魅了し続けた。死体は仙台堀に捨てた。誰一人、真吉に疑いの目を向ける者はいなかった。こんなにもうまく行くとは思わなかった。人を殺すのは簡単だと知った。

しかもおゆみを殺したことで、思わぬおまけが付いてきた。辰次が深川から引っ越して、おせいの目の前から消えたことだ。

あのときはホッとした。真吉はおせいに再婚など絶対にして欲しくなかった。その頃から真吉は自分が立志伝中の人物になると確信していたのだ。母親はそれに相応しい、身持ちの堅い健気な未亡人であって欲しかった。錺職風情と乳繰り合うような女では困るのだ。

おゆみを殺してから八年経って、再び殺しを始めたのは、一つには伊勢町堀の幼女殺しのせいだろう。あれでおゆみ殺しの快感が蘇り、欲望に火が点いた。殺されたおみちのことは見知っていた。真吉が常盤町の長屋に里帰りする度に、ちょこまかと後ろをついて回っていた可愛い女の子。一緒にいると抑えがたい衝動がこみ上げてくることがあった。

そのおみちが自分以外の男の欲望の餌食になってしまったのは、返す返すも惜しいことをしたと思った。そして、自分以外の誰かが自分と同じ快楽を味わっているかと思うと、焦りにも似た気持ちが湧いてきたのだ。

そこに、長崎行きが拍車を掛けた。捕まる気はしなかったし、怪しまれても長崎に行ってしまえば安全だった。江戸にいる間に、一人でも多くの少女を狩って、少しでも多く快楽を味わいたい……。

獲物には不自由しなかった。診療所と寺子屋で、可愛い小さな女の子と顔見知りになる機会には恵まれていた。誰もがみな、その親も含めて真吉に心酔（しんすい）していて、その言動を疑う者は一人もいなかった。おまけに女の子たちは、幼心（おさなごころ）に真吉に恋をしてくれたから、文字通り赤子（あかご）の手をひねるように簡単だった。

「日が暮れてから、こっそりとね。先生が行くまで、誰にも見つかっちゃいけないよ」

こう言ってやるだけで、自ら罠（わな）に飛び込んできたのだ。

まずはおきみ、その次がおてる。順番はどうでも良かった。厳密に言えば相手も誰でも良かった。たまたま手に入った獲物がその二人だったというだけの話だ。

「指相撲しよう」

おきみもおてるも喜んで夢中になる。

「次は鼻相撲」

お互いの鼻と鼻をくっつけ合って、子犬のようにじゃれ合った。ほっぺたを舐めてやると、きゃっきゃと声を上げて喜んだものだ。小さな耳から細い首筋へ、唇でついばんでいくと、くすぐったそうに身悶えした。唇を重ねて舌を吸ったとき、初めて異変に気が付いて抵抗を始めた。だが、そのときはもう遅い。おぞましさと恐怖が、小さな身体を金縛りにしてしまうのだ。

そして……。

「狭い身体に押し入って、細い首を絞め上げると、日本中が一つ所に寄るようで、蕩けるほどの心地よさだ……」

その記憶を反芻しているのか、真吉はうっとりと目を細めた。傍目には何か楽しいことを思い出しているように見える。その楽しいことが、真吉にとっては幼女の陵辱と殺人なのだ。

「……だけど、おまえは人の命を助けるお医者じゃないか。どうしてそんな酷たらしい真似が出来るんだい？」

「そうとも。俺は医者だ。それもただの医者じゃない。日本の医学界を背負って立とうという名医の卵なんだ」

真吉の瞳が誇らかに輝いた。

「俺は天から選ばれたに違いない。それでなければ裏長屋に生まれ育った俺が、天下の西本芳齋に拾われて、跡継ぎに指名されるはずがない。医学の発展は俺の天命だ。近い将来、芳齋先生をもしのぐ名医になって、大勢の命を救うだろう。やがては将軍さまや天子さまの命を救う日もやってくるに違いない。日本の医学の明日は、俺の双肩に掛かってるんだよ、おっ母さん」

崇高な誇りに満ちた表情に、残忍な微笑が重なった。

「その俺が、慰みに女餓鬼の五匹や十匹殺して何が悪い？　どうせ裏長屋で生まれ育って、親と同じく裏長屋で死んでいく、虫けらのような命じゃないか」

おせいは改めてまじまじと真吉の顔を見直した。初めて、美しい外皮の下にある別の顔を見たような気がした。

「……化け物だよ、おまえは」

高らかな笑い声が響いた。

「上等だ。お父っつぁんやおっ母さんみたいな、何の取り柄もないつまらない人間から、俺みたいな希代の化け物が生まれるなんざ、世の中、捨てたもんじゃねえやな」

真吉は笑いを消して正面からおせいを見た。

「おっ母さん、俺をお上に売ったりはしないね？」

真吉は手を伸ばし、おせいの頬に触れた。おせいは全身がしびれていて、身動きすら出来なかった。

「俺は、おっ母さんには長生きしてもらいたいんだよ」

長く美しい指で頬に残る涙を拭い、真吉は微笑んだ。多くの女たちを魅了した、ひたすらに美しい笑顔だった。

「おっ母さん、考えてごらんよ。おっ母さんさえ黙っていれば、これまでと何一つ変わりゃしないんだ。俺は鳶が鷹を生んだような上出来の息子で、おっ母さんは人も羨むその母親だ。世間から褒めそやされ、羨ましがられて、何不自由なく暮らせるんだよ」

真吉の声音には、それまでとは違った響きがあった。

「俺はいつまでもおっ母さんと暮らしたいんだ。本当だよ。おっ母さんにだけは、ずっとそばにいて欲しいんだ」

おせいの顔からはすべての表情が消えていた。それでも、意志のない人形のように頷いた。

「ありがとう、おっ母さん」

真吉はおせいの膝の上に倒れ込み、腰に抱きついた。

おせいは真吉の横顔を見下ろした。これまでと何も変わったところのない顔だった。二十年間大切に育ててきた息子の姿だった。おせいはその頬を、髪を、ゆっくりと撫でた。

おまえをお上に訴えたりするものか。お腹を痛めて産んだ大事な息子だもの……。

おせいは心の中で真吉に語りかけた。


翌日、おせいは暗いうちから起き出して朝飯の支度に掛かった。

炊きたての白飯に豆腐と油揚げの味噌汁、茄子の糠漬け、朝売りの浅蜊の剝き身はキュウリとぬたに、昨日買った蝦蛄は生姜と煮付けた。ぬたには辛子を利かせ、煮付けも生姜をたっぷり入れた。

「おはよう」

真吉は手拭いと房楊枝を手に土間に降り、台所を覗いて呆れた声を出した。

「何だか、朝からすごい御馳走だな」

「だって、当分おっ母さんのご飯は食べられないだろ？　さ、顔を洗っておいで」

真吉は嬉しそうに井戸端に行き、長屋の女将さん連中にも丁寧に挨拶して戻ってきた。

「今日は爽(さわ)やかな陽気だ」

浴衣を着替えると、今朝は帷子にきちんと袴(はかま)を着けた。朝飯がすんだら啓明塾に帰らなくてはならない。

「六月を風待月というのは、何だか俺のためにあるようだ」

ちゃぶ台の前に座って、真吉は言った。

「追い風が吹いてるんだ。ずっと前から……」

おせいは黙って頷いた。

「昨夜は何もかも吐き出してスッキリしたよ。俺はおっ母さんには嘘(うそ)を吐(つ)きたくないし、隠し事もしたくない。おっ母さんの前ではいつも、生まれたまんま、ありのままの俺でいたいんだ」

真吉は上機嫌でしゃべると、ぬたに箸(はし)を伸ばした。

「ずいぶんと辛子が利いてるなあ」

「今の季節、貝は傷みやすいからね。お代わりは？」

真吉は茶碗を差し出した。蝦蛄の煮付けも味付けが濃い目なので、ひときわ飯が進むようだ。

「良かったらおっ母さんの分もお上がり」

　そう言うおせいは、ほとんどお菜に手を付けていない。

「おっ母さん、ちっとも進まないね？」

「何だか胸がいっぱいでね。今日でお別れかと思うと……」

「大袈裟だな。三年なんてすぐだよ。それに、長崎からも手紙を書くから……」

　真吉は急に茶碗と箸を置き、胸を押さえた。顔を歪め、上体を丸めて畳の上に吐き戻した。

　おせいは端然と座ったまま、その様子を眺めていた。

　真吉は海老のように身体を折り曲げ、口の中に指を突っ込んで更に吐き戻そうとしている。

「無駄だよ。石見銀山をたっぷり混ぜたからね。もう助からない」

　感情のこもらない声が宣告した。真吉は顔を上げ、カッと目を見開いておせいを見た。

「……お、おっ母さん！」

　助けを求めるように右手を伸ばしたが、次の瞬間、口から大量の血を吐いた。手も顔も着物も、鮮血に染まった。

「おっ母さ……」

真吉はそのまま力尽き、血の海に倒れ込んで息絶えた。

おせいはしばらくの間、身動きもせずに真吉を見下ろしていたが、やっと震える声で呼びかけた。

「……真吉」

だが、答えはない。おせいはふらふらと立ち上がり、真吉の傍らに膝をついた。

「真吉？」

肩に手をかけ、揺すってみた。ぐったりと力の抜けた身体はまるで反応を示さず、もはや息を吹き返す可能性は無かった。

「真吉、真吉！」

おせいはさらに激しく揺すぶった。真吉の身体が仰向けに寝返った。先ほどまで生きてこの世にあった命は、今はない。

おせいは真吉に取りすがった。昨夜枯れ果てたはずの涙が、後から後から溢れ出した。おせいの命が涙となって絞り出されるかのように。

小半刻もそうしていただろうか。

おせいは最後の力を振り絞って立ち上がった。

台所へ行き、手桶に水を汲んで戻ってきた。手拭いを水で洗いながら、真吉の顔の汚れを丁寧に拭き取った。顔がきれいになると、汚れた着物を脱がせて新しい単衣物に着替えさせた。そして最後の仕上げに、髪に挿した櫛を手に、真吉の髪を撫でつけた。

それが終わるとちゃぶ台を片付け、食器を洗い、汚れた畳を掃除した。

おせいは座敷の真ん中に立って周囲を見回し、やり残したことがないかどうかを点検した。

もうすべて片付いたと分かると、押入を開け、行李の一番上に載せた着物を取り出した。仕立てたばかりの単衣の着物で、真吉が長崎に旅立つとき、見送りに着ていくつもりでいた。上品な薄鼠色に雪輪の飛び柄で、おせいには分不相応な着物だったが、真吉の晴れの旅立ちのために無理をしたのだった。

おせいは着物を着替え、鏡の前に座った。念入りに髪を整え、紅も差した。これで見苦しくはないはずだった。

小さな仏壇を開け、線香を立てた。亡くなった幸吉とおとせの位牌が置いてある。おせいは手を合わせ、目を閉じて静かに祈った。

おまえさん、どうか許しておくれ。おまえさんはあたしの願いを聞き届けてくれた。お陰で真吉は無事に大きくなりました。いつかあの世に行ったら、二人して真吉の行く末を見守ろうって約束したのに、あたしはそれを守れなくなっちまった。ほんとにごめんよ……。

おせいは目を開けて、幸吉の位牌をじっと見た。

あたしはおまえさんのそばには行かれない。

一度後ろを振り返り、真吉の遺体を目の端にとらえ、再び位牌に目を戻した。

あたしは、真吉を連れて地獄へ行く。

堀留の俊六が幹太を連れて常盤町の次郎兵衛店にやってきたのは、四ツ半（午前十一時）少し前だった。

一刻前に豊島町の啓明塾を訪ねたら、真吉がまだ戻らないというのでやってきたのだった。

「ごめんよ。堀留の俊六だ」

戸口の前に立って声をかけたが返事がない。

「ご用の筋だ。入るぜ」

腰板障子に手をかけたが、心張り棒が掛かっていて動かない。

俊六の胸に悪い予感が兆した。

思い切り蹴飛ばすと、戸が外れてばたんと倒れた。そのまま中に踏み込み、幹太が後に続いた。

俊六は土間に立ち尽くし、中の光景を見下ろした。背後から覗いた幹太も、しばし言葉を失った。

部屋の真ん中には布団が敷いてあって、そこに真吉とおせいが仰臥していた。すでに死んでいることはひと目見て分かった。

真吉は死に化粧でも施されたようにきれいな顔をしていたが、おせいは剃刀で喉を切っており、血にまみれていた。それなのに、死に顔は安らかで、安堵しているようにさえ見えるのだった。

俊六は座敷に上がり、死体の傍らに屈んだ。

真吉の右手首とおせいの左手首は、赤い腰紐でしっかりと結ばれていた。

「……心中みてえですね」

幹太が言った。

俊六は黙って手を合わせ、瞑目した。

初めておせいを見たときに感じたもの、美しさ以上の何か、それを見せられたような気がしてならなかった。

本書は、二〇一六年三月にＰＨＰ研究所から発刊された
作品を加筆・修正したものである。

著者紹介
山口恵以子（やまぐち　えいこ）
1958年東京生まれ。早稲田大学文学部卒業。松竹シナリオ研究所で学び、脚本家を目指し、プロットライターとして活動。その後、丸の内新聞事業協同組合の社員食堂に勤務しながら、小説の執筆に取り組む。2007年『邪剣始末』で作家デビュー。2013年『月下上海』で第20回松本清張賞受賞。他の著書に「食堂のおばちゃん」シリーズや『婚活食堂』『愛よりもなほ』『おばちゃん介護道』などがある。

PHP文芸文庫　風待心中（かぜまち）

2019年3月22日　第1版第1刷

著　者　山口恵以子
発行者　後藤淳一
発行所　株式会社PHP研究所
東京本部　〒135-8137 江東区豊洲5-6-52
第三制作部文藝課　☎03-3520-9620(編集)
普及部　☎03-3520-9630(販売)
京都本部　〒601-8411 京都市南区西九条北ノ内町11
PHP INTERFACE　https://www.php.co.jp/
組　版　朝日メディアインターナショナル株式会社
印刷所　共同印刷株式会社
製本所　株式会社大進堂

ISBN978-4-569-76879-3